VOCÊ SEMPRE TROCA
O AMOR DA SUA VIDA
(POR OUTRO AMOR
OU POR OUTRA VIDA)

Copyright © Amalia Andrade, 2015
Copyright © Editora Planeta do Brasil, 2020
Todos os direitos reservados.
Título original: *Uno siempre cambia al amor de su vida (por otro amor o por otra vida)*

Preparação: Débora Dutra
Revisão: Juliana Rodrigues
Diagramação: Márcia Matos
Capa: adaptado do projeto original de Brianna Harden
Ilustrações de capa, miolo e letterings: Amalia Andrade

DADOS INTERNACIONAIS DE CATALOGAÇÃO NA PUBLICAÇÃO (CIP)
Angélica Ilacqua CRB-8/7057

Andrade, Amalia
 Você sempre troca o amor da sua vida: (por outro amor ou por outra vida) / Amalia Andrade; tradução de Sandra Martha Dolinsky. - São Paulo: Planeta do Brasil, 2020.
 224 p.

ISBN: 978-85-422-1866-4
Título original: Uno siempre cambia al amor de su vida

1. Humorismo colombiano 2. Amor - Humor I. Título II. Dolinsky, Sandra Martha

20-1393   CDD Co867

2020
Todos os direitos desta edição reservados à
Editora Planeta do Brasil Ltda.
Rua Bela Cintra, 986, 4º andar - Consolação
São Paulo - SP - 01415-002
www.planetadelivros.com.br
faleconosco@editoraplaneta.com.br

VOCÊ SEMPRE TROCA O AMOR DA SUA VIDA

(POR OUTRO AMOR OU POR OUTRA VIDA)

AMALIA ANDRADE

Outro Planeta

Para a Mamma, que me ensinou que
o amor é um superpoder.

Para mamãe.

> Não importa a hora nem o dia; fechamos os olhos, batemos três vezes com o pé no chão, abrimos os olhos, e tudo continua exatamente igual.
> — Blanca Varela

Existe uma palavra para quando somos jovens e fingimos ter vivido e amado mil vidas? Existe uma palavra em alemão para isso? Acho que deveria existir. Digamos que seja *Schaufenfrieglasploit*.
— Amy Poehler

ANTES DE COMEÇAR A LER

Este livro é bom para ~~xxx~~ ᵒᵖˢ! gente que:

- ☐ Está com o coração partido porque o amor de sua vida foi embora.
- ☐ Está com o coração partido porque deixou o amor de sua vida ir embora, e agora está arrependida(o).
- ☐ Nasceu com o coração partido.
- ☐ Está em processo de luto pela morte de seu cão, gato ou jiboia.
- ☐ Brigou para sempre com seu(sua) melhor amigo(a).
- ☐ Partiu seu próprio coração.

☐ Alguém que ama profundamente faleceu.

☐ Brigou para sempre com seu(sua) namorado(a) imaginário(a).

☐ Outro: _____

_____

_____

(escreva aqui seu caso; prometo total anonimato).*

* NÃO SE APLICA A TINA FEY, CAT POWER, BRADLEY COOPER OU RYAN GOSLING.

Seu nome aqui

OUTROS POSSÍVEIS TÍTULOS

1. O QUE AS PESSOAS PROMETEM QUANDO SE AMAM - Instruções para lidar com promessas não cumpridas, corações partidos e outras complicações do desamor.

2. ENCICLOPÉDIA COMPACTA DO DESAMOR, DESAFETO, DISTÂNCIA E SENTIMENTOS AFINS.

3. _____
(escreva aqui um possível título).

ACHO QUE O PIOR DE TUDO NÃO É TÊ-LO PERDIDO. É TER PERDIDO A MIM MESMA.

TAYLOR SWIFT

Cantora, compositora e especialista em conflitos afetivos. Possível alien.

CAPÍTULO

PRAN

UM ~~~~~ TO

Ação de derramar lágrimas em sinal de dor, tristeza, alegria ou necessidade. Costuma ser acompanhado de lamentos e soluços.

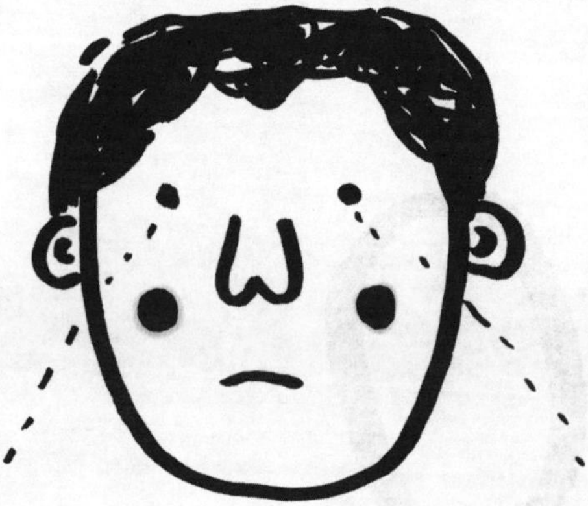

Nunca contei isto a ninguém, mas carrego nas costas um amor não resolvido. Um amor silencioso e privado que não existe mais e que ninguém soube que existiu. Um amor que eu não acabei, que não acabou. Às vezes, sinto vontade de chorar, mas não consigo. Tentei chorar por outra coisa, o que fosse: por um filme, por uma canção, pelas dores de minha mãe, por aquele vídeo do YouTube no qual um rapaz pede a moça em casamento em público ao som de uma canção de Bruno Mars, pela foto de um gato morto.

Mas não adianta. Não choro.

==Não choro por ela e pressinto que isso não é um bom sinal, que as lágrimas se acumularam vertiginosamente, escondendo-se em alguma parte de meu corpo, talvez no cotovelo ou no dedinho do pé.== Talvez no meio de uma recordação ou no topo da soma de todas as minhas dores. Quem sabe, um dia, quando eu bater o cotovelo na porta, ou quando arrebentar o dedinho do pé na quina da cama, chorarei como se não houvesse amanhã. E me jogarei no chão a pranteá-la, enfim, sem poder sair dali durante uma hora, duas horas, cinco horas e meia.

Às vezes penso que se não chorar por ela nunca, não a esquecerei nem lavarei seu nome de meu corpo. E às vezes, a maioria das vezes, quero que isso nunca aconteça. Que ela fique aqui para sempre, mesmo que transformada em uma dor no cotovelo.

LISTA DE COISAS QUE <u>NÃO</u> FUNCIONAM NESSE MOMENTO

- Tentar se afogar na banheira de sua casa.

- Mandar mensagens de texto mais longas que uma carta escrita à mão com as palavras "odeio você", "morra" e/ou "você é a pior coisa que me aconteceu na vida".*

* ISSO SE APLICA A EX-NAMORADOS, EX-NAMORADAS OU MELHORES AMIGOS(AS). NÃO SE APLICA A GATOS QUE FUGIRAM OU CACHORRINHOS QUE MORRERAM.

- Mandar mensagens de texto mais longas que uma carta escrita à mão pedindo desculpas pelas mensagens anteriores.

- Fazer selfies nu(a).

- Usar feitiços/fazer rituais para que a pessoa amada volte.

- Stalkear compulsivamente no Instagram, Twitter, Facebook, Snapchat etc.

- Apagá-lo(a) de todas as redes sociais em um arroubo de ira, e depois adicioná-lo(a) de novo.

- Assistir a qualquer filme de amor (em especial, *Azul é a cor mais quente*, *Harry e Sally: feitos um para o outro*, *Amores brutos* ou *Brilho eterno de uma mente sem lembranças*).

_____

_____

_____

_____

_____

_____

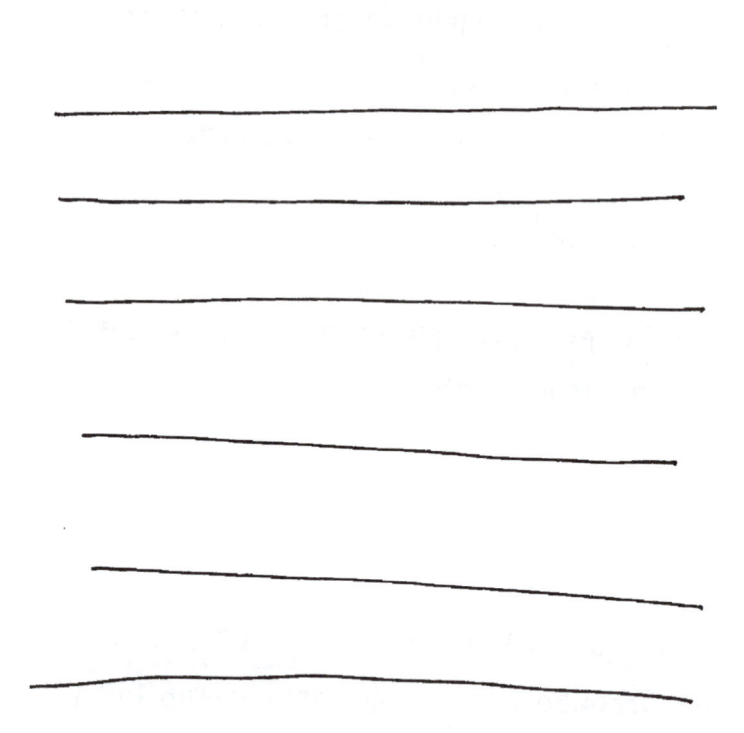

(Escreva aqui outra coisa que você gostaria que funcionasse nesse momento, mas que, infelizmente, não funciona).

LISTA DE COISAS QUE FUNCIONAM NESSE MOMENTO

- Exemplo: _____

_____

(Ainda não conheço nada que ajude nessa etapa. Se você souber de algo, compartilhe sua sabedoria. Arranque esta página e mande-a por email para sanatucorazonroto@gmail.com

Enquanto ninguém inventa um comprimido para esquecer ou abre filiais no mundo todo da Lacuna Inc., recomendo o seguinte:

_ Ser indulgente na medida certa. Exemplo: tomar sorvete e chorar com os amigos = BOM. Tomar sorvete e chorar enquanto *stalkea* seu ex = RUIM.

_ Distrair-se em eventos sociais em que se sentirá péssimo por dentro, mas ocupará a cabeça com outras coisas que não sua dor.

_ Permitir-se ficar triste.
Recomendo andar sempre com óculos escuros à mão, comprar rímel à prova d'água se for mulher, e dizer coisas como: "NÃO ESTOU CHORANDO, É QUE ENTROU UM CISCO NO MEU OLHO".

_ Manter uma dieta à base de pizza, cereal, chocolate, saladas e atum (mais adiante você encontrará receitas especiais para cada caso).

_ Como diz minha tia María Eugenia: "Não há tristeza que um driquezinho não cure".*

_ Cantar "Unbreak my heart", de Toni Braxton, "Sozinho", de Caetano Veloso, ou "All by myself", de Celine Dion, enquanto chora no chuveiro.

_ Chorar, chorar e chorar mais. As lágrimas têm superpoderes invisíveis, mas curadores.

*MINHA TIA MARÍA EUGENIA NUNCA DISSE ISSO, MAS É ALGO QUE ELA PODERIA DIZER.

_____

_____

_____

_____

_____

_____

(Escreva aqui coisas que funcionaram para você, e JAMAIS as esqueça.)

MECANISMO INFALÍVEL PARA SUPERAR TRISTEZAS

BATER O DEDINHO DO PÉ NA QUINA DA CAMA

TUMBLR PORN ?

INFOGRAFIA DE MESTRES AFETIVOS

PAULINA RUBIO

Sacerdotisa do amor nocivo
"NÃO É BRINCADEIRA ESTAR COMO ESTOU."

ROLAND BARTHES

Papa do discurso amoroso
"A LINGUAGEM É UMA PELE: EU ESFREGO MINHA LINGUAGEM NO OUTRO. É COMO SE TIVESSE PALAVRAS COMO DEDOS, OU DEDOS EM MINHAS PALAVRAS."

RENÉE ZELLWEGER   MEG RYAN   JENNIFER ANISTON

Santíssima trindade da comédia romântica
"VOCÊ PARECE UMA PESSOA NORMAL, MAS, NA VERDADE, É O ANJO DA MORTE." - *Harry e Sally: feitos um para o outro.*

VICENTE FERNÁNDEZ

Diácono da autoflagelação
"~~GRAVE~~ GRAVEI NO TALO DE UM AGAVE SEU NOME, UNIDO AO MEU, ENTRELAÇADOS, COMO UMA PROVA, PERANTE A LEI DA MONTANHA, DE QUE ALI ESTIVEMOS APAIXONADOS."

SHAKIRA

Madre superiora das péssimas decisões amorosas
"TODA VASSOURA NOVA VARRE BEM."

THOM YORKE / RADIOHEAD

Arcebispo do pessimismo crônico
"BUT I'M A CREEP, I'M A WEIRDO. WHAT THE HELL AM I DOING HERE? I DON'T BELONG HERE"

ORSON WELLES

Bispo da sensatez afetiva
"NÓS NASCEMOS SOZINHOS, VIVEMOS SOZINHOS E MORREMOS SOZINHOS."

GENTE QUE ESTÁ/ESTEVE PIOR QUE NÓS

INSTRUÇÕES: Arranque está página, ou tire uma cópia, e guarde-a em sua carteira ou em qualquer outro lugar de fácil acesso. Use-a nos momentos em que você achar que nada vai ficar bem de novo (ou antes de chorar na frente do seu chefe pela oitava vez em uma semana).

- Mariah Carey quando Luis Miguel a deixou.
- O presidente da Malasyan Airlines.

_ O irmão das Kardashian (sim, as Kardashian têm um irmão).

_ Michelle, a Destiny's Child favorita de ninguém.

_ Oscar Wao.

_ Monica Lewinsky.

_ Florentino Ariza.

_ Dante, por causa de Beatriz.

_ Selena Gómez por Justin Bieber e vice-versa.

MONICA LEWINSKY

EXPLICAÇÕES MÉDICAS

1. DEFINIÇÃO DE DESAMOR

   desamor
   1. *sm* Falta de amor ou amizade.
   2. *sm* Falta de sentimento e afeto que geralmente inspiram certas coisas.
   3. *sm* Inimizade, aversão.

→ Esta definição me parece muito suscinta. Acho que não encarna o dramatismo e a angústia do assunto. Dever-se-ia considerar seriamente redefinir essa palavra; eu me ofereço como voluntária para tão importante tarefa. Já tenho algumas ideias que podem funcionar:

desamor

1. *sm* Morrer em vida.

2. *sm* A pior coisa que se pode desejar a alguém.

3. *sm* Buraco eterno no estômago, vontade de chorar ~~perp~~ permanente.

2. RAZÃO PELA QUAL SENTIMOS O CORAÇÃO LITERALMENTE PARTIDO

A razão de ossos que nem sabíamos que tínhamos doerem, e de sentirmos dor no peito ou até algo como um "falso infarto" quando partimos/partem nosso coração é:

> As mesmas regiões do cérebro são ativadas na dor física e na dor emocional. Essas regiões são: sistema somatossensorial e ínsula dorsal posterior.

É por isso que a dor emocional literalmente dói - desculpe a redundância.

Existe também uma condição chamada "síndrome do coração partido", em que, durante um forte impacto emocional ou uma perda afetiva, o coração sofre todos os sintomas de uma parada cardíaca, mas com condições médicas completamente diferentes. Ou seja, um "infarto--não-infarto". FARTO.

3. INSÔNIA

A insônia é um dos sintomas mais comuns do desamor, e é, francamente, um flagelo. O desamor é como uma gripe:

de dia dá para aguentar, mas à noite você quer morrer, ou sente que vai morrer. A insônia ocorre por razões como:

- Medo de sonhar com algo relacionado à perda.

- Altos níveis de cortisol.

- Pensamentos compulsivos e a tentativa de controlá-los.

ISSO ACONTECE QUANDO SE ESCREVE UM LIVRO À MÃO COM UMA CANETA-TINTEIRO

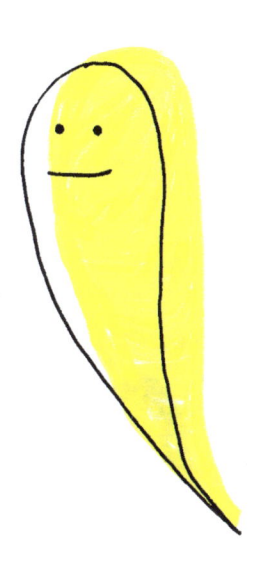

CAPÍTULO

AUTODES

DOIS

TRUIÇÃO

Destruição de si mesmo

I DON'T KNOW THE ANSWER

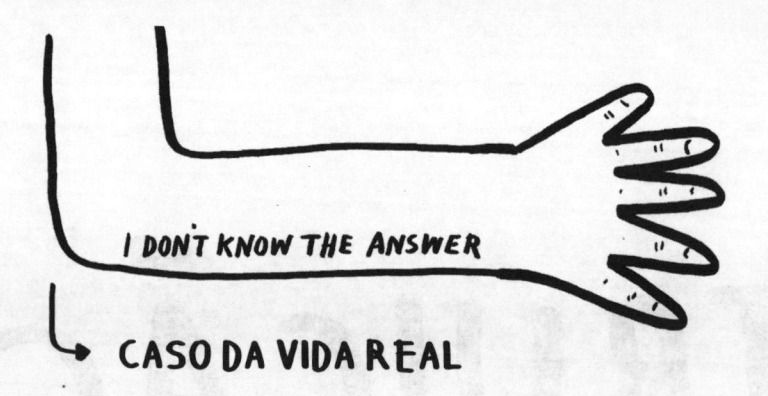

↳ CASO DA VIDA REAL

Não sei quantas vezes tentei escrever sobre ela, sem sucesso. As palavras tropeçam umas nas outras e não conseguem existir fora de mim. Não quero nomeá-la porque amar é dizer seu nome, e o que sinto por ela não é o oposto do amor, mas também não é próximo ao amor. É um sentimento estrangeiro. Raiva e gratidão.

Não consigo escrever seu nome sem minha mão arder, nem pensar em seu corpo sem arrependimento. Gostaria que não fosse assim e que tudo tivesse acontecido por alguma razão, que talvez essa história fizesse parte de mim desde sempre. Mas não é verdade. Não consigo falar das muitas maneiras com que ela me quebrou para sempre. Não consigo explicar como, depois dela, foi muito difícil entender que o amor não necessariamente é o primeiro amor. Que se apaixonar é, e sempre será, isso que aconteceu comigo ao seu lado. Mas que amar é melhor.

É naquilo que não escrevo sobre ela que guardo algumas das minhas dores mais profundas: o que sentimos quando o amor não é capaz de tocar o outro, a parte do corpo onde a rejeição dói, o sabor que fica na boca quando vemos a pessoa amada beijar outro alguém.

==Não consigo falar dela porque falar dela seria falar de mim.==

KIT PARA SE REABILITAR DO VÍCIO DO AMOR

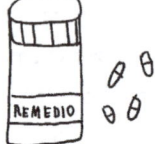

Fazer atividade física, ou pelo menos tentar

Comprimidos de autoestima

Livro com superpoderes — Amalia Andrade

Ler este livro

Músicas que empoderam

Adotar um gatinho

Fernanda Montenegro

Filmes que o farão rir e acreditar que tudo vai ficar bem

Começar a acreditar em algo ou em alguém

INFOGRAFIA DO NÍVEL DE IMPORTÂNCIA QUE DAMOS A DIVERSOS FATORES DETERMINANTES DURANTE UMA RUPTURA AMOROSA

_ Baseada em fatos reais compilados de um grupo do WhatsApp

Gráfico nº 1 - Situação ideal

Nível de importância (0 a 100)

- ▨ IMPORTÂNCIA QUE VOCÊ DÁ A SI MESMO E A SEU BEM-ESTAR
- ▨ SEUS SONHOS/METAS/PROJETOS PESSOAIS E PROFISSIONAIS
- ▨ SUA REDE DE APOIO (AMIGOS E FAMÍLIA)
- ▨ A PESSOA QUE PARTIU SEU CORAÇÃO
- ▨ O QUE ESSA PESSOA ESTÁ FAZENDO DA VIDA AGORA QUE VOCÊS NÃO ESTÃO MAIS JUNTOS
- ▨ TEMPO QUE VOCÊ DEDICA A REMOER/INTERPRETAR TUÍTES
- ▨ LIKES QUE ESSA PESSOA DÁ A OUTROS NO INSTAGRAM

Gráfico nº 1 - Situação real

Nível de importância

- ▨ IMPORTÂNCIA QUE VOCÊ DÁ A SI MESMO E A SEU BEM-ESTAR
- ▨ SEUS SONHOS/METAS/PROJETOS PESSOAIS E PROFISSIONAIS
- ▨ SUA REDE DE APOIO (AMIGOS E FAMÍLIA)
- ▨ A PESSOA QUE PARTIU SEU CORAÇÃO
- ▨ O QUE ESSA PESSOA ESTÁ FAZENDO DA VIDA AGORA QUE VOCÊS NÃO ESTÃO MAIS JUNTOS
- ▨ TEMPO QUE VOCÊ DEDICA A REMOER/ INTERPRETAR TUÍTES
- ▨ LIKES QUE ESSA PESSOA DÁ A OUTROS NO INSTAGRAM

CHECKLIST DE COMPORTAMENTOS AUTODESTRUTIVOS

O que vem depois do pranto é a autodestruição. Gostaria de poder dizer que essa etapa tende a desaparecer com a maturidade, mas não é verdade. O que na adolescência é beber Tequimón (ou qualquer outra bebida que misture tequila com frutas e se venda em caixinha na padaria da esquina), na idade adulta se traduz em desligar o celular, passar o dia inteiro na cama e entregar atrasado coisas pendentes do trabalho porque "não conseguia me concentrar", o que, na verdade, quer dizer:

"Passei uma semana vendo séries compulsivamente no Netflix e não tenho vontade de fazer mais nada".

A seguir, veja um checklist de comportamentos autodestrutivos característicos de quem está com o coração partido, que o ajudará a entender em que nível - de zero a Britney Spears careca em 2007 - você está.

Selecione os comportamentos com os quais se identifica:

- ☐ Cair na ociosidade de procurar a primeira mensagem/telefone em guardanapo de papel/e-mail/ comentário no Instagram que a pessoa envolvida/diretamente responsável por seu coração partido lhe deu/mandou.

- ☐ Fazer uma tatuagem (normalmente com uma frase existencialista ~~de~~ do tipo: "I don't know the answer", ou "This too shall pass", da qual se arrependerá pelo resto da vida). Acredite, eu sei.

- ☐ Ouvir em loop "Someone like you", da Adele (se essa canção não servir, coloque aqui a música depressiva de sua preferência: _____).

- ☐ Não tomar banho por mais de dois dias.

- ☐ Não cumprir as promessas que fez a si mesmo.

- ☐ Comer um donut todos os dias às quatro da tarde durante um mês (aplica-se também a chocolate, sorvete, bala de goma ou qualquer outro alimento de alto teor calórico).

- ☐ Raspar a cabeça.
- ☐ Autoflagelar-se com boleros ou qualquer canção de Ana Gabriel. Se você for um millennial e não faz ideia do que estou falando, pense em um hino emo ou algo do tipo.
- ☐ Parar de trabalhar (para ver Netflix).
- ☐ Parar de ver os amigos, esconder-se de seu editor, sair da conversa do grupo (para ver Netflix).
- ☐ Ficar na Netflix até que apareça na tela a pergunta julgadora: "Você continua assistindo?". Sim, continuo assistindo depois de seis horas, porque o mundo é um lixo e não quero fazer mais nada. Além disso, as séries atuais são mais viciantes do que crack. Deixe-me ser feliz.

- ☐ Parar de comer (porque a maioria dos pratos e/ou restaurantes da cidade o(a) faz recordar esse algo ou alguém que partiu seu coração).

- ☐ Stalkear virtual ou fisicamente; se bem que a segunda opção é significativamente pior e beira a conduta criminal.

- ☐ Esquecer a definição de amor-próprio (deixo-a aqui, por via das dúvidas).

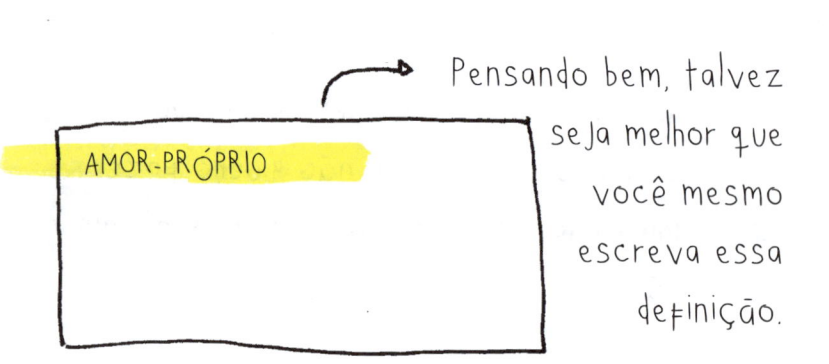

AMOR-PRÓPRIO

→ Pensando bem, talvez seja melhor que você mesmo escreva essa definição.

VEJA, MINHAS MÃOS TREMEM POR VOCÊ

RESULTADOS

Entenda seu comportamento/estado dependendo da quantidade de itens selecionados anteriormente.

DE 0 A 5 - NADA PARECIDO COM A BRITNEY

Você é milionário em inteligência emocional, que é melhor que ser milionário em libras esterlinas. Também é provável que tenha mentido ao selecionar seus padrões de comportamento, e, se for esse o caso, direi apenas que este não é um exame e não precisa trapacear. (Sim, isso foi uma bronca. Não existe caminho mais curto para superar um luto de qualquer tipo. *A única maneira de sair dessa é passando por isso.*)

Por outro lado, existe a possibilidade de que você não esteja com o coração partido, mas já esteve, e comprou este livro porque:

a) É minha mãe (Olá, mamãe! Veja, eu escrevi um livro!).

b) Quer ser solidário com os escritores e ilustradores emergentes (se for isso, OBRIGADA! Estou precisando, abri mão de meu emprego por isto).

c) Ao revisitar, por breves momentos, aqueles acontecimentos do passado que nos fizeram sentir frágeis, vulneráveis, abatidos, recordamos que graças a eles somos grandes.

DE 6 A 12 - OOOPS! YOU DID IT AGAIN

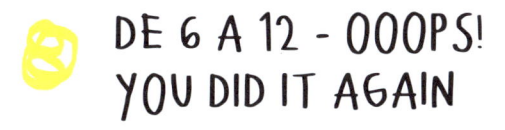

Você está na categoria "normal" de autodestruição, se é que isso existe. Recomendam os especialistas (ou seja, todos os autodestruidores compulsivos reabilitados) dirigir os sentimentos à CONSTRUÇÃO, e não à destruição, em especial de si mesmo. Para isso, você pode realizar um dos seguintes projetos:

_ Faça um mapa de sua piscina favorita da infância e marque as partes onde gostava de brincar, onde levou pancadas memoráveis, onde _____ (insira uma recordação aqui), onde deu seu primeiro beijo debaixo d'água.

_ Compre uma caixa de lápis de cor e mude os nomes, substituindo-os por traços de sua personalidade de que você goste.

Exemplo: azul =

_ Escreva o e-mail que você sonha em receber.

DE 13 A 19 - BRITNEY SPEARS CARECA

O bom de estar como está é que vai sair dessa completamente renovado. O ruim é que vai atravessar um inferno, se é que já não está nele.

Pode parecer estranho, mas, embora não acredite, você está em uma posição privilegiada. Os chineses acreditam que

CRISE também significa OPORTUNIDADE, e estar com o coração partido é uma grande oportunidade de morrer e renascer. E com toda a dor que isso implica, a vida é morrer e renascer o tempo todo.

Lembre que a medida da dor é, às vezes, a medida do amor, e somos capazes de amar por nos permitirmos ser vulneráveis. Não há jeito melhor de andar pelo mundo que com o coração na mão.

P.S.: Britney passou pelo que passou para que nós não tivéssemos que viver o mesmo. Cada vez que sentir que não aguenta mais e quiser esmorecer, lembre-se: se ela conseguiu, nós também conseguimos.

SOBRE O QUE SIGNIFICA AUTODESTRUIÇÃO

Segundo minha teoria (na realidade, não é minha teoria; é algo que aprendi em conversas com minha psicóloga), há dois tipos de olhares sobre a autodestruição.

O primeiro é o mais evidente e reducionista: autodestruição é fazer ~~ma~~ mal a si mesmo de qualquer maneira, seja física ou emocionalmente (exemplo: drogar-se para não sentir nada, cortar-se para sentir dor emocional no corpo).

ops!

O segundo é pensar a autodestruição como uma maneira categórica de se afastar de si mesmo.

É não dar ouvidos a ninguém, é se autossabotar, chutar o balde. É dizer "eu sei o que estou fazendo" quando, na verdade, não sabe, mas sabe que está mal. É dormir até as duas da tarde numa quarta-feira. É se matar de trabalhar para não pensar. É se fazer mal emocionalmente, criar relações tóxicas com coisas ou pessoas, com lugares, com sentimentos que de tanto o(a) fazerem se sentir mal, fazem com que se sinta bem.

TIPOS DE MONÓLOGOS INTERNOS

Ou conversas que a pessoa tem consigo quando está com o coração partido, e que levam à autodestruição.

INSTRUÇÕES: ~~FDJHFSD~~ SELECIONE O(S) MONÓLOGO(S) INTERNO(S) QUE SE APLIQUE(M) A SEU CASO.

Monólogo nº 1: "Nunca vou sair dessa".

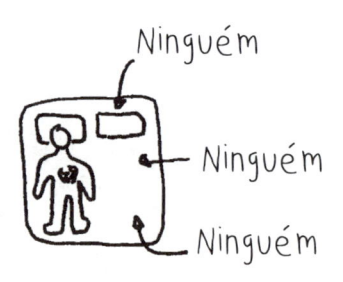

Monólogo nº 2: "Vou ficar sozinho para o resto da vida".

(Ninguém / Ninguém / Ninguém)

Monólogo nº 3:
"Nunca vou encontrar alguém igual".

Monólogo nº 4:
"O amor é uma merda".

Monólogo nº 5:
"Quero morrer".

Ponha aqui seu próprio monólogo:

"_____
_____
_____
_____"

PROCESSO DE MORRER-
-RENASCER

SER/ESSÊNCIA/VOZ QUE FALA CONOSCO DESDE SEMPRE

A vida é feita para nos encher de ruídos que nos impedem de ouvir essa voz, de nos conectarmos a nós mesmos. Renascer será sempre voltar a essa voz, criar espaços de silêncio para ouvi-la.

FALSO ~~EGO~~ EU/EGO

Morreremos mais de uma vez, e o processo é doloroso. Mas, depois da dor, há sempre uma luz.

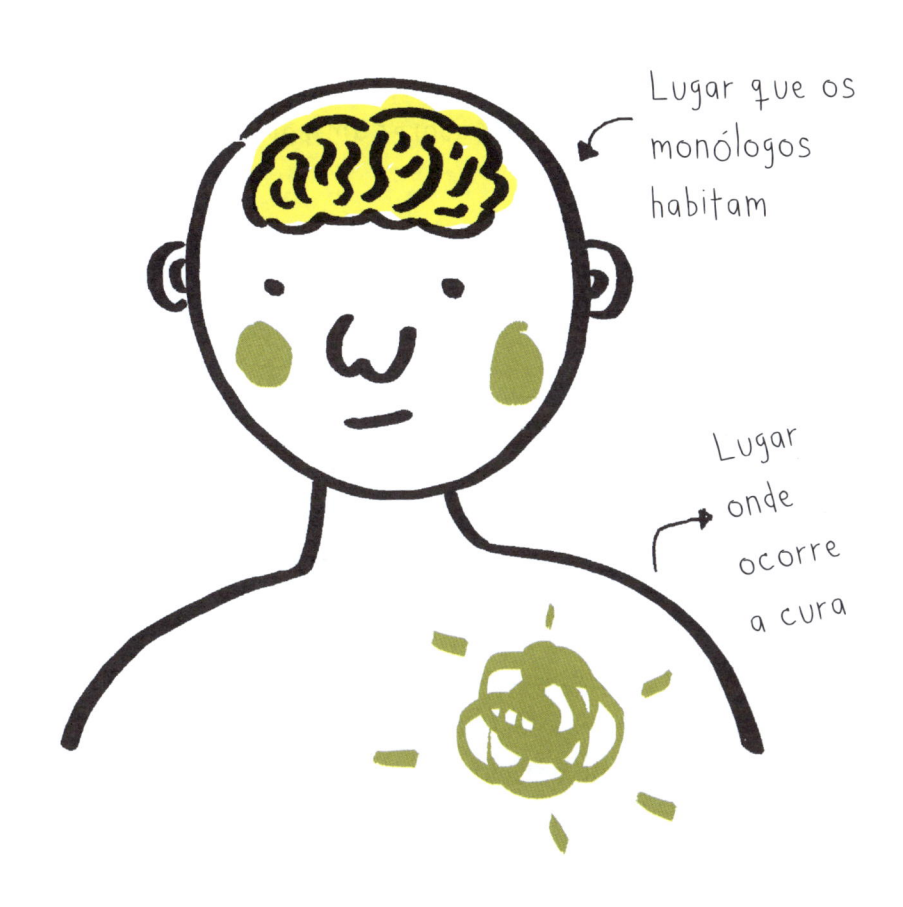

Lugar que os monólogos habitam

Lugar onde ocorre a cura

==Escreva aqui as maneiras mais criativas com que está se autodestruindo ou já se autodestruiu. Anotá-las funcionará como um== exercício para racionalizá-las; ==talvez assim elas se desarticulem e desapareçam para sempre.==

_____

_____

_____

_____

_____

_____

Nota: Em geral, acredito piamente que a criatividade pode tudo e que deve permear todos os aspectos de nossa vida, MENOS este. Voto por ser mais honesto consigo e menos criativo na hora de fazer mal a si mesmo. Isso, para mim (e provavelmente para Walter Riso), é um dos segredos da felicidade.

SE TIVESSE O NÚMERO DE SEU CELULAR, EU LHE ENVIARIA ESTA MENSAGEM:

```
┌─────────────────────────────────┐
│ ₀₀▯▯__AA&A 3G   7:35 PM   69% ▯▯│
│ (Mensagens)   Amalia    (Editar)│
│                                 │
│      Não, você não sd quer      │
│      morrer. Procure "massacre  │
│      em Jonestown" no Google e  │
│      pare de chorar.            │
│                                 │
│      #toughlove                 │
│                                 │
│                                 │
│  (⊙)  [                ] (Enviar)│
└─────────────────────────────────┘
```

Nota: Nessas horas, é sábio arrumar um padrinho (alguém que já tenha passado por isso e possa ajudar). Se não encontrar um, conte comigo. Esta mensagem é uma prova disso.

CAPÍTULO

RAIVA, VINGA

E SENTIME

TRÊS

NÇA

NTOS AFINS

↳ Teste de gravidez

Certa vez, sonhei que uma mulher se aproximava de meu rosto, e em vez de me dar um beijo, chupava todas as palavras de minha boca. As palavras não provinham de meus órgãos internos; estavam sobre minha pele, e enquanto ela sugava, elas se amontoavam para fazer o percurso desde as pernas até os lábios, e varriam tudo que encontravam no caminho.

No fim do sonho eu já conseguia falar perfeitamente, mas nunca conseguia dizer o que realmente queria. Só conseguia enunciar versões equivocadas de meus pensamentos.

Roubar as palavras de alguém é a melhor vingança – pensei ao acordar.

COMO INSULTAR COM PALAVRAS DOCES

PEQUENO DICIONÁRIO DE TERMOS PASSIVO-AGRESSIVOS

Não estou brava, estou decepcionada.

SIGNIFICADO: estou furiosa e quero matá-lo.

A culpa é minha, por esperar algo de você.
───────────────
SIGNIFICADO: A culpa é toda sua.

Já foi, agora não tem mais importância.

SIGNIFICADO: Jamais o(a) perdoarei.

SIGNIFICADO: Para bobagens, visualizar sem responder.

Você não pensa nessas coisas mesmo.

SIGNIFICADO: Você não pensa.

Espero que tudo dê certo para você.

SIGNIFICADO: Se você ficar bem antes que eu, vou matá-lo(a).

Tomara que você nunca se arrependa disso.

———

SIGNIFICADO: Eu vou me encarregar de que você se arrependa pelo resto da vida.

Eu já disse tudo que tinha a dizer.

SIGNIFICADO: Na sequência, vou lhe explicar TUDO que você fez de errado na vida.

É que você
não percebe
que eu...

SIGNIFICADO: Você é a pessoa mais
egoísta que eu conheço.

Você é impossível.

SIGNIFICADO: Mas à base de bronca, quem sabe...

NOTAS SOBRE A RAIVA

Amar é difícil, mas é mais difícil zerar o Super Mario Bros. No entanto, todos nós conseguimos isso na infância/adolescência. Alguns níveis de raiva no processo de curar um coração partido são justos e necessários. A raiva é boa porque permite expulsar sentimentos reprimidos ou insatisfações que não sabemos enunciar. No entanto, há uma grande distância entre fazer comentários passivo-agressivos e sequestrar o cachorro da pessoa que partiu seu coração.

Use uma dessas notas do Banco da Inteligência Emocional para se premiar cada vez que se abstiver de fazer algo cheio de raiva, quando sentir vontade de se vingar ou tiver pensamentos de ódio puro.

(veja as notas na página seguinte ⟶)

RU PAUL

Banco da Inteligência Emocional

100

IAN McKELLEN

Banco da Inteligência Emocional

300

HILLARY CLINTON

Banco da Inteligência Emocional

500

ESSE SENTIMENTO
É MAIOR QUE EU

GUIA PARA SACAR NO BANCO DA INTELIGÊNCIA EMOCIONAL

- ☐ Parou de ler os tuítes dele(a).
- ☐ Não passa mais em frente à casa dele(a).
- ☐ ↯ Você não é mais a Shakira de Pies descalzos; agora é a Shakira de Sale el sol.
- ☐ Não pede mais a seus amigos que lhe mostrem fotos dele(a) no Instagram.
- ☐ Decidiu não ir a lugares onde seu(sua) ex estará.

- [ ] Já não se culpa.
- [ ] Já não o(a) culpa.
- [ ] Abstém-se de deixar mensagens de ódio na caixa postal dele(a).
- [ ] Abstém-se de ligar para a mãe/chefe dele(a) e lhe contar seus segredos mais obscuros.
- [ ] Evita dar like em fotos ou tuítes dele(a) postados há mais de dois anos.

MEDALHA DE HONRA POR SE ABSTER DE STALKEAR COMPULSIVAMENTE

TODA VASSOURA NOVA VARRE BEM (LOGO VOCÊ VERÁ AS CERDAS GASTAS).

PORQUE NÃO É BOA DE SUA(SEU) EX E

CARMA RUIM.

PRECISA VÊ-LO(A) COM OUTRAS PESSOAS.

PORQUE O DIABO É PORCO.

IDEIA FICAR AMIGA(O) PREJUDICAR ELA (E)

um ex é sempre um ex 333

SE VOCÊ LHE EMPRESTA DINHEIRO, ELE(A) NÃO DEVOLVE.*

*APLICA-SE TAMBÉM A ROUPAS.

BARTLEBY
"I WOULD PREFER NOT TO"

CAPÍTULO

DEPRE

QUATRO

SSÃO

Síndrome caracterizada por uma tristeza profunda e pela inibição das funções psíquicas, às vezes com transtornos neurovegetativos (seja o que for que isso signifique).

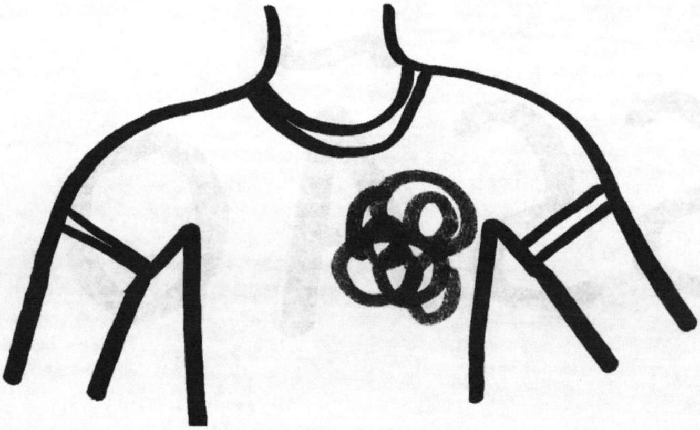

— Não percebi — disse-me ela. — Agora que você está dizendo eu vejo, mas não percebi.

Como é possível? Os sinais estavam todos ali, invadiam o ar, era preciso empurrá-los com as mãos para poder atravessar o local. Era preciso afastá-los para ir da sala ao quarto e do quarto à cozinha, e no momento em que alguém decidisse voltar a qualquer espaço desta casa tão pequena, já teriam se amontoado de novo e cresceriam mais rápido e com mais violência que o mato insaciável nas selvas densas e esquecidas da Guiana ou de qualquer outro país invisível. O ar era pesado. Quando eu dormia – quando conseguia –, sentia uma opressão no peito. É a asma, pensava. É a ansiedade. É o trabalho. É que passei muitos dias sem escrever nada que valesse a pena, e quando isso acontece, começo a me sentir meio morta por dentro.

Agora me lembro perfeitamente dessa quarta-feira. Os lençóis em cima da cama, o colar da mãe de A. em seu pescoço e a colher que havia usado para mexer o café jogada no chão. Escorregou de sua mão e a deixou ali.

Foram nossas invisibilidades que nos levaram a esse lugar, as pequenas mortes, a sucessão de pequenas mortes, as coisas que não dissemos, as coisas que não soubemos dizer, os sentimentos que estavam ali, mas que não soubemos conjurar.

Não foi uma soma de coisas, foi o espaço entre essas coisas.

Não foram as coisas que perdemos, foi não saber que as estávamos perdendo.

COMO SABER SE VOCÊ ESTÁ DEPRIMIDO

A pessoa sabe que está deprimida quando sente sono o dia todo; quando chora no meio do dia sem razão aparente; quando não sabe se o que sente é tristeza ou náusea, ou as duas; quando sente náuseas o dia todo; quando percebe que o autoengano não funciona mais, que a melancolia não vai desaparecer amanhã, que a esperança não era esperança, e sim negação.

A pessoa sabe que está deprimida quando

_____

_____

_____

_____

_____

_____

_____

==(Termine este texto. Será algo escrito a duas mãos, um pequeno tratado sobre a depressão.)==

DEPRESSÃO = MEDIDAS DESESPERADAS

Essa é a fase do luto em que a pessoa está tão mal que aceita qualquer tipo de ajuda/intervenção a fim de se sentir um pouco menos miserável. A seguir, veja uma lista de medidas desesperadas que você deve evitar a todo custo:

1. MEDIDAS DESESPERADAS (NÃO TÃO DESESPERADAS)

- Ir à missa com a mãe/tia/avó.
- Seguir meu conselho de que o melhor é tomar umas gotas de Rescue,

que, na realidade, é uma mistura de essências florais com MUITO brandy (independentemente de qualquer coisa, são milagrosas).

Rescue

- Consultar um psicólogo/psiquiatra (isso, na verdade, não é desesperado, e sim sensato, igual a tomar Rescue).

- Consultar uma vidente, taróloga ou quiromante.

- Ir aos encontros às escuras que seus amigos lhe arranjam.

- Ligar para seu ex e convidá-lo para um almoço "casual".

- Tentar ser amigo de seu ex.
- Ler livros de autoajuda.

2. MEDIDAS DESESPERADAS (REALMENTE DESESPERADAS)

- Tomar ayahuasca.
- Acreditar que um novo amor cura outro.
- Tentar ficar melhor amigo(a) dos melhores amigos de seu(sua) ex.
- Passar por um exorcismo.
- Apelar para a bruxaria ou práticas afins.
- Transar com desconhecidos.
- Simular seu próprio sequestro.

MAIS MEDIDAS DESESPERADAS AQUI:

- _____
- _____
- _____
- _____
- _____
- _____
- _____
- _____

Poção do amor nº 5

SINAIS DE QUE SEU LUTO É NORMAL VERSUS SINAIS DE QUE SEU LUTO É ANORMAL

· Normal ·

FICAR COMO HEIDI KLUM QUANDO SE SEPAROU DE SEAL

SENTIR-SE CANSADO E INCAPAZ DE SE CONCENTRAR

♪ NO HAY NADA MÁS DIFÍCIL QUE VIVIR SIN TI SUFRIENDO EN LA ESPERA DE VERTE LLEGAR EL FRÍO DE MI CUERPO PREGUNTA POR TI ♪

MERGULHAR NA TRISTEZA OUVINDO AS CANÇÕES MAIS TRISTES DO MUNDO.

UMA VEZ ME DISSE QUE AMAVA PINHEIROS

RECORDÁ-LO(A) COM LITERALMENTE TUDO.

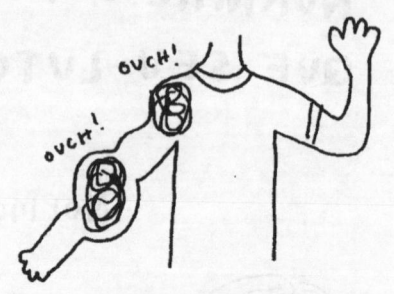

SENTIR TANTA SAUDADE QUE ATÉ DÓI NO CORPO.

CHORAR SENTADO NO CHUVEIRO.

SENTIR QUE PERDEU UM BRAÇO

TER DOR DE CABEÇA

· Anormal ·

FICAR COMO A RAINHA VITÓRIA QUANDO O PRÍNCIPE ALBERTO FALECEU

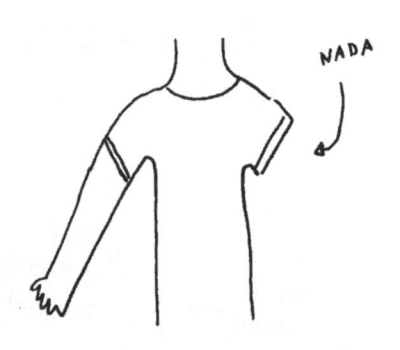

NADA

NÃO SENTIR O BRAÇO (VOCÊ PODE TER UM INFARTO DE MENTIRINHA OU UM DE VERDADE)

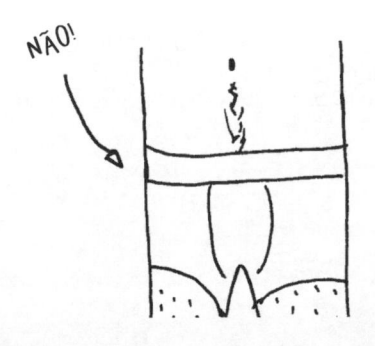

NÃO!

LEMBRAR-SE DELE(A) PORQUE ESTÁ USANDO A CUECA/CALCINHA QUE ELE(A) ESQUECEU EM SUA CASA.

VOCÊS NÃO ERAM SIAMESES.

ACHAR QUE A VIDA NÃO TEM SENTIDO SEM ESSA PESSOA

NÃO CHORAR

EX — NOVA NAMORADA — VOCÊ OLHANDO DA JANELA

MERGULHAR NA TRISTEZA COLOCANDO-SE EM SITUAÇÕES DESNECESSÁRIAS

TER ATAQUES DE PÂNICO (HORA DE IR AO MÉDICO!)

PENSAMENTO MÁGICO

É normal recorrer ao pensamento mágico para encontrar conforto quando a pessoa está deprimida. E por pensamento mágico quero dizer ter raciocínios do tipo "se o ventilador girar duas vezes, significa que ela está pensando em mim".

ANOTE AQUI SEUS PENSAMENTOS MÁGICOS:

_____

_____

_____

_____

DESENHE MAIS ALGUNS AQUI:

==VOLTE A ESTAS PÁGINAS DAQUI==

==A TRÊS MESES E RIA DE SI MESMO==

==COMO TERAPIA DE CURA.==

Não existe melhor terapia do que cantar canções tristes quando estamos deprimidos. Quem tem vontade de cantarolar canções de Calvin Harris, Daddy Yankee ou _____ (insira aqui o nome de um artista que faça músicas alegres) enquanto está triste? NINGUÉM.

A razão de buscarmos músicas melancólicas quando estamos tristes NÃO é porque, no fundo, somos todos meio masoquistas. É porque queremos reconhecer ~~nvth~~ nossa dor nas palavras de outra pessoa. Ao nos identificarmos com a letra de uma canção, podemos entender melhor nossos sentimentos e, assim, transcendê-los.

Ouvir música triste em momentos como esse ~~th df~~ nos ajuda a vivenciar nossas emoções, a reviver momentos (a música é uma máquina do tempo), a nos distrair.

A seguir, veja uma lista de canções (de todos os gêneros) que têm o poder de fazê-lo(a) chorar (mais do que já chorou).

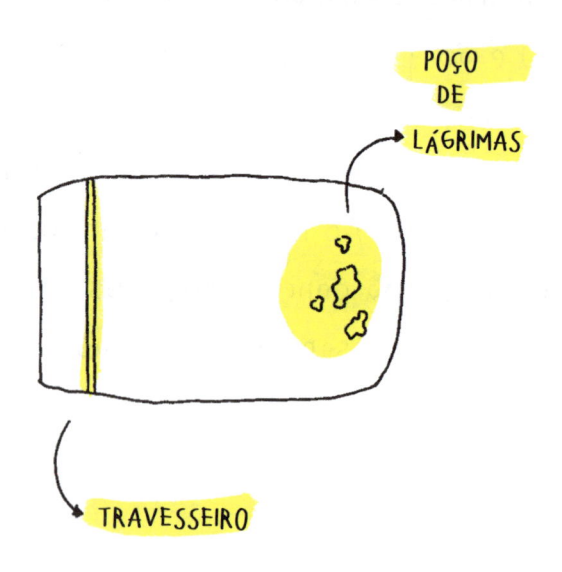

POÇO DE LÁGRIMAS

TRAVESSEIRO

PLAYLIST PARA CHORAR NO CHUVEIRO

INSTRUÇÕES:

Mantenha esta lista de canções à mão em caso de uma emergência de sentimentos contidos. Também pode ser útil quando tiver um(a) amigo(a)/parente com o coração partido e você não souber o que dizer. Nesse caso, simplesmente lhe entregue esta lista e uns "óculos para chorar", ou seja, uns óculos grandes de lente ultraescura que permitam a ele(a) chorar no meio do dia sem que QUASE ninguém perceba.

- ☐ Total eclipse of the heart - Bonie Tyler
- ☐ Stone Cold - Demi Lovato
- ☐ Sad - Maroon Five
- ☐ Lo que más - Shakira
- ☐ Sentimental - Los Hermanos
- ☐ Breathe me - SIA
- ☐ Devolva-me - Adriana Calcanhoto
- ☐ Stay with me - Sam Smith
- ☐ King of sorrow - Sade
- ☐ Nothing compares 2U - Sinéad O'Connor
- ☐ Glory box - Portishead
- ☐ Exit music - Radiohead
- ☐ Love is a losing game - Amy Winehouse
- ☐ Codinome Beija-Flor - Cazuza
- ☐ The greatest - Cat Power

- ☐ Honey honey - Feist
- ☐ De mais ninguém - Marisa Monte
- ☐ Torn - Natalie Imbruglia
- ☐ Linger - The Cranberries
- ☐ Bizarre Love Triangle - New Order
- ☐ Back to back - Amy Winehouse
- ☐ Every Breath you Take - The Police
- ☐ Walk away - Ben Harper
- ☐ Don't speak - No Doubt
- ☐ Ain't no sunshine - Bill Withers
- ☐ Hurt - Johnny Cash
- ☐ Someone like you - Adele
- ☐ Oceano - Djavan
- ☐ Detalhes - Roberto Carlos
- ☐ Eu sei que vou te amar - Vinicius de Moraes

SUA PLAYLIST PESSOAL

Caso ache meu gosto musical uma porcaria ou caso queira acrescentar mais canções para chorar:

- ☐ _____
- ☐ _____
- ☐ _____
- ☐ _____
- ☐ _____
- ☐ _____
- ☐ _____

RITUAIS DE CURA

Chega de chorar, é hora de curar.

Ritual nº 1

Imprima em um papel pequeno o mantra "Quem acredita sempre alcança", de Renato Russo, plastifique-o e guarde-o em sua carteira. Este ritual é uma promessa de que tudo vai ficar bem.

→ Se não quiser imprimir nada, pode fazer livre uso da página seguinte.

QUEM ACREDITA
SEMPRE ALCANÇA
— RENATO RUSSO

- FRENTE -

TÍQUETE
PARA SAIR DA
DEPRESSÃO

- VERSO -

Ritual nº 2

Anote em um papel todas as coisas que o deixam triste; as coisas que você quer mudar; as palavras que gostaria de dizer, mas que, por algum motivo, não pode. Depois, queime o papel até que só restem cinzas. A seguir, verta as cinzas em uma beberagem e dê à pessoa que lhe fez mal, junto com fragmentos de cabelo e terra de jardim. Mentira.*

*Só queime o papel. Queimar os sentimentos ruins é se livrar deles, transformá-los, convertê-los em algo sublime.

Se levou a sério o lance da beberagem, você está muito mal. É ~~por~~ provável que seja hora de procurar ajuda profissional.

Ritual nº3

Por alguns minutos, pense em todos esses monólogos negativos ou ideias pessimistas que ficam se repetindo em sua cabeça. Eu chamo a voz dessas ideias ou monólogos de "A Louca". Este não é um livro de Eckhart Tolle ~~já é~~ e não tentará explicar a fundo que "A Louca" é, na verdade, o ego e o Falso Eu, mas direi que tem que acreditar em mim quando digo que essa voz NÃO é você, e que quanto menos acreditar no que ela diz (sem julgar, só observe esse maus pensamentos e pronto), mais feliz será.

Este ritual consiste em desenhar sua Louca e as coisas que ela diz, e assim tirar-lhe o poder.

MEU NOME É

_____

(AQUI VAI SEU NOME, OBVIAMENTE)

E ESTA É MINHA LOUCA
↳

Ritual nº 4

Entregue-se a seus prazeres culpados (como assistir a realities gringos, a tutoriais de maquiagem no YouTube por mais de dez minutos, comer um hambúrguer com três camadas extras de bacon ou ensaiar coreografias de vídeos dos Backstreet Boys ou One Direction). Este é um ritual de satisfação instantânea.

Ritual nº 5

Leia A história do amor, de Nicole Krauss; Ah, os lugares aonde você irá!, do Dr. Seuss; A poderosa chefona, de Tina Fey; O ano do pensamento mágico, de Joan Didion; É assim que você a perde, de Junot Díaz; O ano em que disse sim, de Shonda Rhimes; O mito da beleza, de Naomi Wolf; A paixão segundo G. H., de Clarice Lispector; Yes please, de Amy Poehler.

NÃO IMPORTA
SUA AUSÊNCIA.
CONTINUO
ESPERANDO VOCÊ.

CAPÍTULO

TUDO ESTAR

CINCO

BEM

MAL

Encontrar bem-estar e contentamento na vida independente de quão adversas sejam as circunstâncias

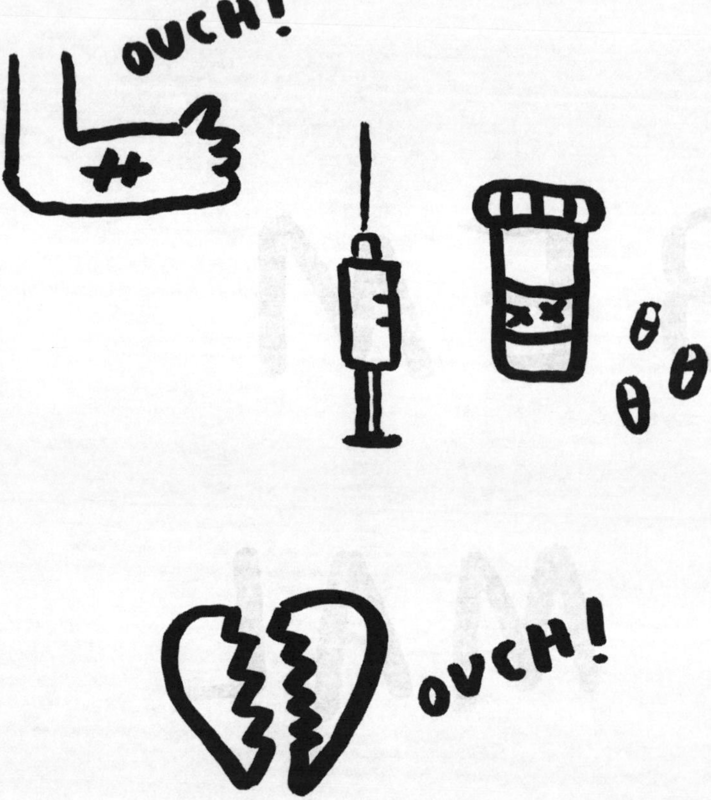
OUCH!
OUCH!

Eu achava que o tornozelo era aquele osso/articulação protuberante de forma quase circular que fica bem onde acaba a perna e começa o pé, onde a tíbia e a fíbula se conectam com o osso navicular. Sei o que é osso navicular e sei que o tornozelo é muito mais que uma protuberância porque o irmão da Juliana pulverizou o dele. Quando ela viu as radiografias depois da cirurgia inicial, perguntou ao médico: O que vai aqui neste buraco? E o médico disse que naquele buraco ia o tornozelo que o irmão dela não tinha mais.

O tornozelo é uma articulação composta por três ossos: a fíbula, a tíbia e o tálus, que se abraçam de modo tal que permitem o movimento, com a ajuda de tendões, músculos e ligamentos.

Na biomecânica do complexo tibiofibular, no instante de um movimento específico, como, por exemplo, empurrar a sola do pé para baixo a fim de andar na ponta dos pés pela casa sem fazer barulho, ou para evitar a inclemência do piso frio de Bogotá às três da manhã quando me levanto meio adormecida para fazer xixi, ocorre uma série de pequenos movimentos opostos e simultâneos que permitem que eu, ou seja quem for, caminhe sigilosamente. Ocorre uma contração do músculo tibial posterior, rotação interna do maléolo lateral, verticalização das fibras ligamentosas e por aí vai.

Sei de tudo isso não só por causa do finado tornozelo do irmão da Juliana. Sei porque o acidente que causou o estrago ocorreu dois dias depois da morte de minha mamma, assim, com dois emes (tenho – ou tinha – duas mães: mamãe, minha mãe, e mamma, minha mãe-tia-objeto-de-toda-minha-admiração-e-carinho, o lugar que eu sou, a razão de eu escrever).

Como meu corpo dói quando tento aceitar o fato de que jamais poderei tocar suas mãos de novo, decidi que era mais fácil pensar no tornozelo de um estranho.

==Juliana diz que desde que soube da gravidade do acidente, sente uma dor na perna e no pé, uma dor fantasma, ou uma dor transferida. Uma dor que fala do vínculo que ela tem com o irmão.==

Eu também sinto dor e vazio. Eu também ando com sentimentos fantasmas. Com a sensação de um membro que já não tenho, mas que continua ali.

Nós duas estamos mal, mas eu digo a Juliana que tudo bem estar mal, que a dor da perna do irmão dela ou da morte da *mamma* é como esse membro fantasma, algo que já não temos, mas que nunca deixaremos de sentir.

ÀS VEZES É MELHOR
FICARMOS AMIGOS
DE NOSSA TRISTEZA
QUE BRIGAR CONTRA ELA.

PESSOAS QUE ENTENDERAM QUE CRISE = GANHOS

ADELE
6 Grammys
Sucesso mundial
Um novo amor

SAM SMITH
In the lonely hour nasceu de um amor não correspondido. Esse álbum lhe deu sucesso internacional

TAYLOR SWIFT
Red vendeu 1,2 milhão de cópias em uma semana

SOPHIE CALLE
Cuide de você + Douleur exquise foram expostas em mais de dez países

PIEDAD BONNETT
Transformou sua dor em um dos livros mais fortes e maravilhosos da literatura colombiana

VINICIUS DE MORAES
Tornou-se o poeta do amor

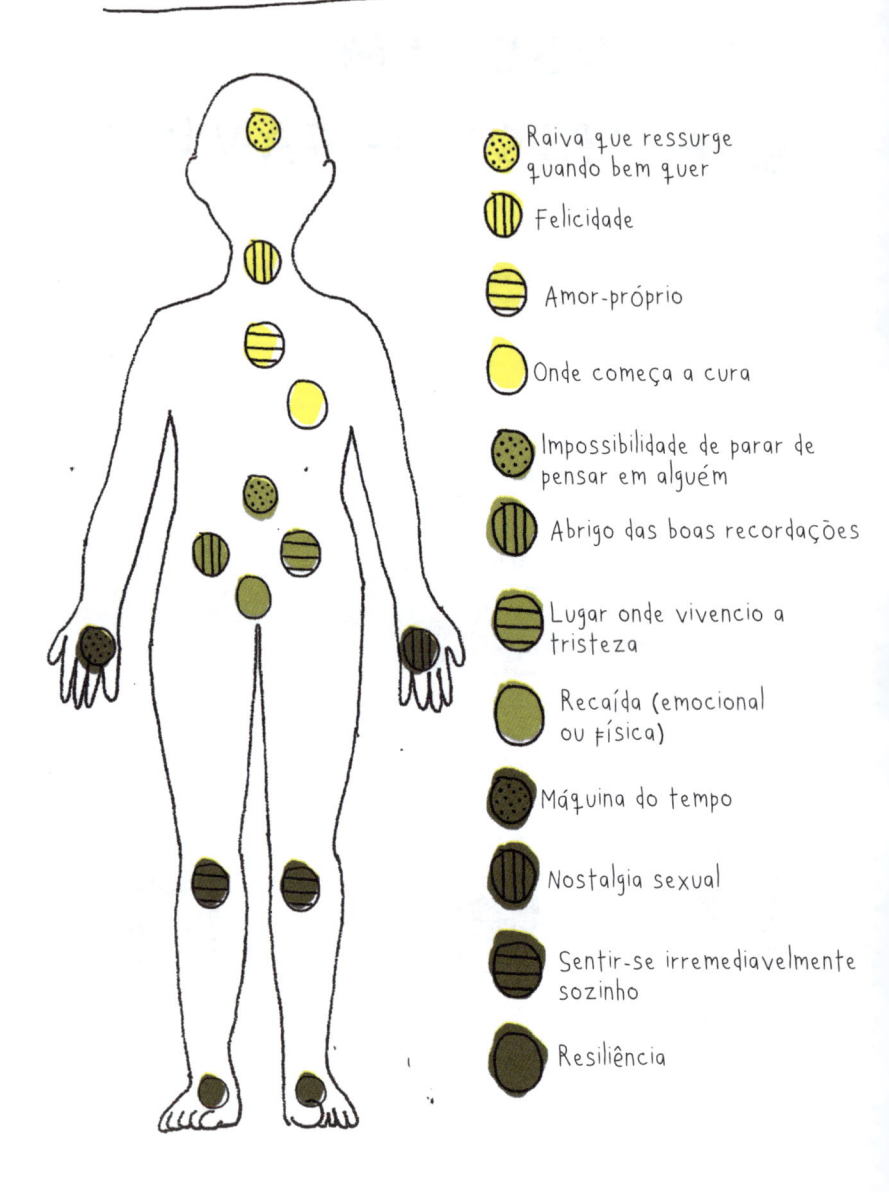

MAPA CROMÁTICO DO LUTO EM MEU CORPO

- Raiva que ressurge quando bem quer
- Felicidade
- Amor-próprio
- Onde começa a cura
- Impossibilidade de parar de pensar em alguém
- Abrigo das boas recordações
- Lugar onde vivencio a tristeza
- Recaída (emocional ou física)
- Máquina do tempo
- Nostalgia sexual
- Sentir-se irremediavelmente sozinho
- Resiliência

MAPA CROMÁTICO DA DOR EM SEU CORPO

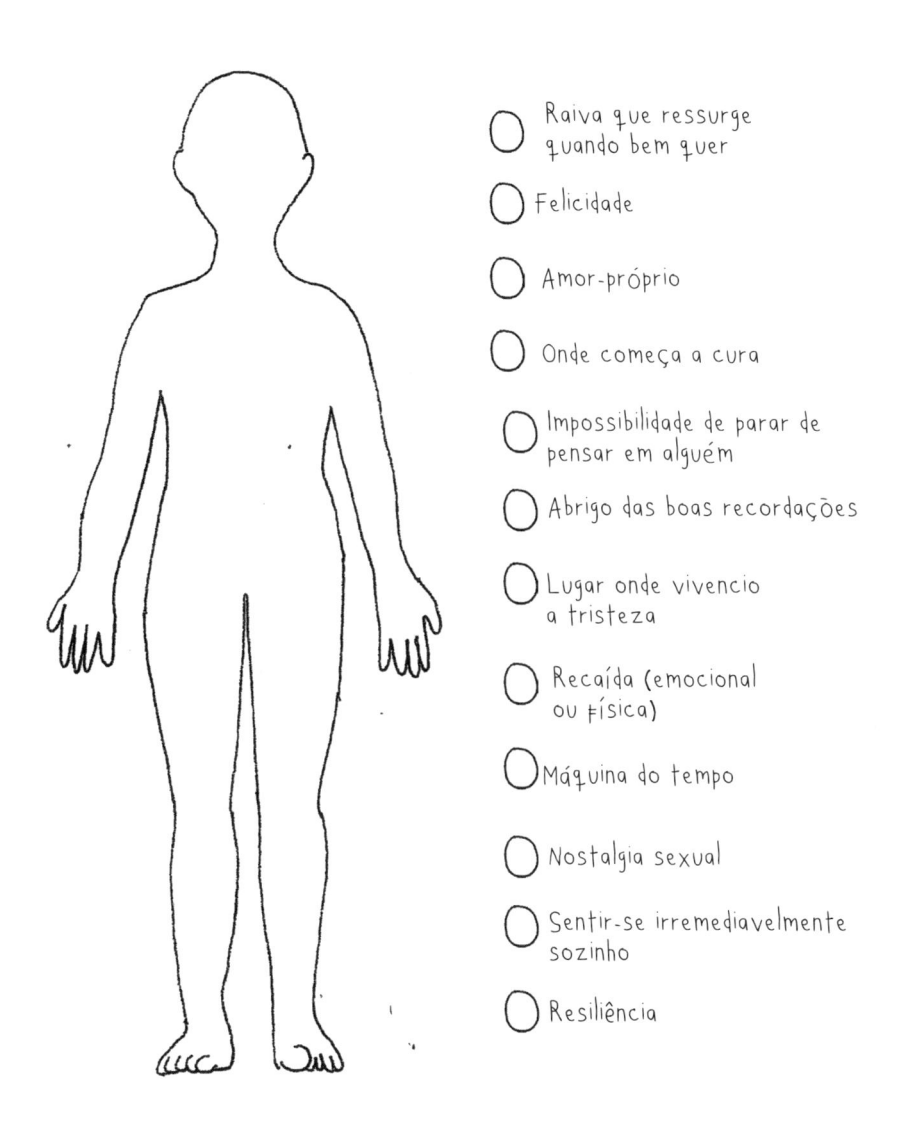

○ Raiva que ressurge quando bem quer

○ Felicidade

○ Amor-próprio

○ Onde começa a cura

○ Impossibilidade de parar de pensar em alguém

○ Abrigo das boas recordações

○ Lugar onde vivencio a tristeza

○ Recaída (emocional ou física)

○ Máquina do tempo

○ Nostalgia sexual

○ Sentir-se irremediavelmente sozinho

○ Resiliência

TUDO BEM ESTAR MAL

Vivemos em uma época que glorifica o bem-estar e a felicidade (veja qualquer post no Instagram). Porém, o mais importante é ~~end~~ entender que TUDO BEM ESTAR MAL. Se quiser ficar sentado chorando por dois meses enquanto canta "Evidências", tudo bem. Se quiser sair trotando com suas tristezas, também. Vale tudo. Não existe jeito certo de viver um luto.

Seja como for, tenha em mente o seguinte para continuar seu processo de cura:

- Essas coisas levam tempo.

- A chuva sempre passa.

- Más notícias: tudo muda.

- Boas notícias: tudo muda.

- Tudo poderia ser pior (a menos que sua vida seja como a de Edith Piaf. Nesse caso, não sei o que dizer).

- Um dia você rirá de tudo isso, eu juro.

_____

_____

ESCREVA AQUI PALAVRAS DE ÂNIMO PARA SI MESMO.

- - - - - - - - - - - - -

ARRANQUE ESTA ~~PGA~~ PÁGINA OU TIRE UMA CÓPIA DELA E COLE-A NA PORTA DA GELADEIRA.

A ACEITAÇÃO É UM SUPERPODER QUE VOCÊ NÃO SABE QUE TEM

Para ativar esse superpoder, basta:

- Esquecer a negação.

- ~~P~~ Parar de resistir às coisas como realmente são.

- Viver no presente.

- Ser honesto consigo mesmo.

- Pôr o amor-próprio em primeiro lugar.

- Depositar três mil dólares na conta 300947-2601. Mentira. Mentira, não é mentira.

Uma vez ativado o superpoder da aceitação, você poderá:

- Voar (para longe da autossabotagem e da dor).

- Ter perspectiva da situação. Ou seja, visão de raio X.

- Ter imunidade (diante das situações adversas).

- Ser invisível (às pessoas que queiram lhe fazer mal).

- Ter memória seletiva (capacidade de transformar em boas as más recordações).

- Ter entendimento rizomático (capacidade de compreender que o processo de luto não é linear nem obedece a uma ordem fixa; que ocorre em um padrão irregular - há subidas e descidas, espaços neutros - no qual qualquer elemento pode influenciar ou afetar qualquer outro).

OUTROS SUPERPODERES

Superpoder de querer comprar o que houver de mais caro em uma loja

Superpoder de dar conselhos aos outros, mas não os aplicar a si mesmo

Superpoder de ser Shazam humano (funciona só com canções de Sade e/ou Beyoncé)

Superpoder de sempre pintar mal as unhas

Faça uma lista de sua COLEÇÃO PESSOAL DE SUPERPODERES e use-os quando estiver se sentindo mal.

Superpoder nº1

Superpoder nº2

Superpoder nº3

Superpoder nº4

INSTRUÇÕES PARA USAR A LINHA GEOGRÁFICA DO PROCESSO DE CURA

Desenhe você mesmo em um ponto da linha, de acordo com seu estado emocional. Anote a data e uma palavra que reflita seus sentimentos. Use a linha como um diário visual de seu processo.

Vire o livro para obter melhores resultados ⟶

LINHA GEOGRÁFICA DO PROCESSO DE CURA

- PICO DO AMOR-PRÓPRIO
- LAGO DA INCERTEZA
- SAVANA DA CURA
- VALE DE LÁGRIMAS
- PRECIPÍCIO DA DOR
- CUME DA FALSA ESPERANÇA
- CAVERNA DA DEPRESSÃO
- PLANALTO DO DESASSOSSEGO

CAPÍTULO

REINV
DE SI

SEIS

ENÇÃO MESMO

Ação de morrer em vida e renascer. Autorregeneração emocional positiva.

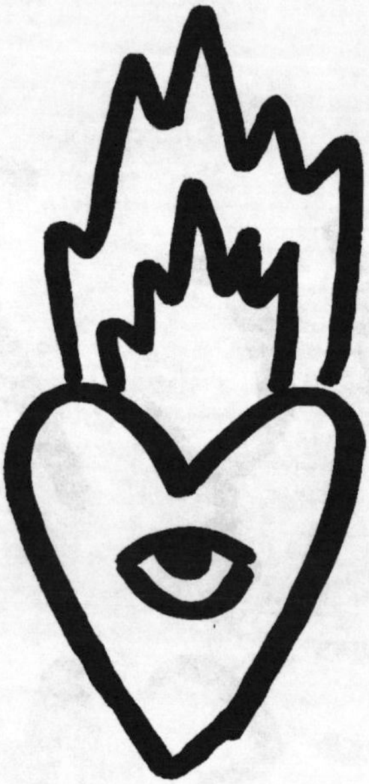

Estamos todos quebrados. Todos. Sem exceção. Isabel tem 28 anos e nunca consegue dormir sozinha porque diz que ouve vozes. Eu lhe digo que não são vozes, que é ela mesma, coisas que tem que dizer a si mesma, mas que não quer ouvir. Isabel tem medo da solidão; de uma manhã qualquer escorregar no chuveiro e ficar ali jogada enquanto a água a molha; de ficar imóvel, nua, entregue à queda sem nem um pingo de dignidade; de que se passem dias até que alguém comece a procurar por ela, e se a essa altura não estiver morta, de que a água gelada continue correndo sobre seu corpo. Isabel sabe que isso seria a tortura mais brutal, não tanto pela temperatura, mais por esse eterno cair.

==Eu lhe digo que ela tem medo é do silêncio, das palavras não pronunciadas, do invisível, do ilegível, do intraduzível.== Nossos medos não estão escritos no silêncio. Estão escritas as verdades que não queremos ver porque sentimos que não as merecemos, porque são verdades que nos fazem grandes e não queremos crescer, porque dá medo aceitar que somos infinitos e que podemos tudo.

B. tem ataques de pânico quando atravessa as ruas. Os ataques começaram como algo inócuo. Agora são intensos. Ela tem que pedir a estranhos que a ajudem a atravessar avenidas. Tem que pegar nas mãos suadas desses estranhos e apertá-las com força, fechar os olhos e se deixar levar. Fica repetindo "vai ficar tudo bem", "vai ficar tudo bem", "vai ficar tudo bem", só para poder chegar ao outro lado. Ela não sabe por quê. Quando vê os carros passando pelas avenidas, só pensa em morrer esmagada por uma dessas máquinas de demolição.

D. já não sabe ter um orgasmo sem sentir uma tristeza opressora imediatamente depois, um vazio que a faz se sentir desabitada. Ninguém sabe disso. É uma dor que ela engole e esconde atrás de silêncios ou beijos ou esquecimentos, ou dos três.

Eu também estou quebrada. Penso muito antes de dormir. Habito espaços limiares por longas temporadas. Tenho muito mais medos do que estou disposta a admitir. Meus joelhos, pés e costas doem. Principalmente as costas.

Todos nós estamos cheios de fronteiras. Todos nós andamos por aí com nossas angústias à direita e nossas alegrias à esquerda. Mas nossas fraturas sempre se curam. Quebrarmo-nos é o que nos permite nos recompor como quisermos. São nossas constantes mortes que permitem que nos reinventemos; sacudirmos os medos ou as dores que temos no corpo e renascer.

CRESCEM COISAS
DE NOSSAS
FERIDAS QUANDO
SARAM

SOMETIMES
I RUN SOMETIMES
I HIDE

TUDO MUDA

Um dia você acordará cantando canções felizes e dançará de pijama. Sentirá vontade de ser outra pessoa, e se cansará de ficar na cama. Terá vontade de escrever ou desenhar, ou fazer o que for que goste de fazer. Nesse dia, começará sua reinvenção, sua oportunidade de ser quem queira ser.

Veja a seguir uma lista de atividades, ideias e exercícios para manter essa renovada sensação de que a vida não é mais uma ~~merda~~ miséria.

NÚMERO UM

ATIVIDADES FÍSICAS

AMANHECER SUBINDO A MONTANHA.

DESEMPOEIRAR OS PATINS QUE VOCÊ GUARDA NO CLOSET DESDE OS DOZE ANOS.

SUBIR ESCADAS.

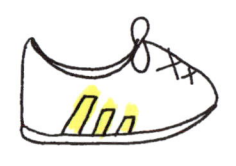

CORRER.

NÚMERO DOIS

NOVOS PANORAMAS PROFISSIONAIS

Cor cheinha
GLASGLOW

SER ESMALTÓLOGO(A) PROFISSIONAL (PESSOA QUE ESTUDA E DÁ NOME AOS ESMALTES).

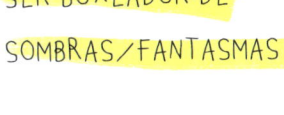

SER BOXEADOR DE SOMBRAS/FANTASMAS

PASSEADOR DE GATOS

TORNAR-SE CAÇADOR DE TEMPESTADES

NÚMERO TRÊS

PRÁTICAS ESPIRITUAIS

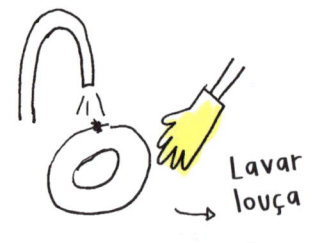

FAZER IOGA

MEDITAR

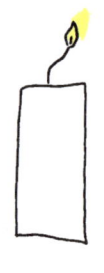

Lavar louça

Entonação para o Buda que há em você

Nam - myoho - renge - kyo
nam - myoho - renge - kyo
nam - myoho - renge - kyo
nam - myoho - renge - kyo

CANTAR MANTRAS

ACENDER VELAS

NÚMERO QUATRO

ATIVIDADES LÚDICAS

CANTAR MICHAEL JACKSON NA SALA

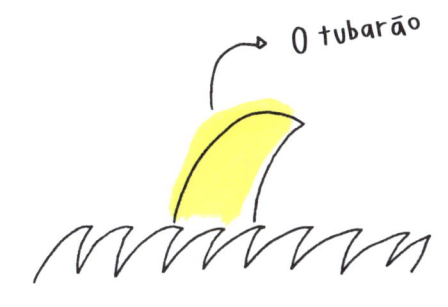

O tubarão

DANÇAR MERENGUE PARA QUEIMAR CALORIAS

ESCREVER CARTAS À MÃO PARA SEUS MELHORES AMIGOS

♪ Os bares estão cheios de almas tão vazias. A ganância vibra, a vaidade excita. Devolva minha vida e morra afogada em seu próprio mar de fel. Aqui ninguém vai pro céu.

DECORAR UM RAP

NÚMERO CINCO

NOVAS PRÁTICAS ALIMENTARES

sementes de chia

farinha de maca peruana

panqueca de quinoa

JUICING

SUPERALIMENTOS

PESCETARIANISMO OU VEGETARIANISMO DOS ANOS 1980

(ou seja, ser vegetariano e comer peixe)

GLUTEN FREE

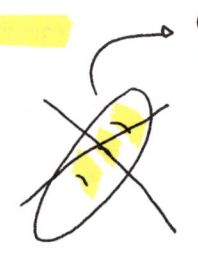

Glúten é o Pablo Escobar da nova geração. Ninguém o vê, mas todo o mundo tem medo dele.

NÚMERO SEIS

TRANSFORMAR A EXPERIÊNCIA EM UMA CRIAÇÃO ARTÍSTICA/CRIATIVA (COMO ESTE LIVRO)

PREENCHA ESTE ESPAÇO COM IDEIAS/ESCRITOS/ DESENHOS/ROTEIROS QUE DEPOIS PODERÃO SE TRANSFORMAR EM PROJETOS.

CAPÍTULO

CHORANDO

SETE

SE FOI

Biografia apócrifa de João Pedro de Almeida Santos Abreu, compositor de "Lambada"

O FUTURO DE
JOÃO

Tudo começou com um frio na barriga. "Alguma coisa não vai dar certo", pensou Rita de Almeida Santos Abreu enquanto lavava a calcinha no chuveiro. O lugar: uma casa pobre ao norte de Salvador, Bahia, Brasil, onde Rita vivia com seu tio surdo de um ouvido. O ano: 1968.

Coisas importantes que aconteceram em 1968:
- Earl Ray matou Martin Luther King.
- Yoko Ono escreveu uma carta de amor a John Lennon (eles não se conheciam; a carta se perdeu para sempre no mar de cartas mortas do U.S. Postal Service).
- O ditador Artur da Costa e Silva decretou o Ato Institucional nº 5 e transformou o Brasil em um país impossível de se viver.

A cor do céu desse dia: azul claro. A cor da calcinha que Rita lavava: rosa. O que havia acontecido uma semana antes: a última noite de Rita com Abel, seu namorado havia sete meses.

Abel tinha 21 anos e Rita, 15. Abel gostava de jogar futebol, de tomar cerveja com gelo, de estar dentro de Rita, de ficar à toa. Rita gostava de dançar, queria ser uma grande atriz e pensava que seus sonhos funcionavam como um superpoder que a levaria aonde ela quisesse, tão longe quanto imaginasse, para além das ilhas bálticas, do Japão, do céu azul ou às vezes púrpura de Salvador.

Rita estava apaixonada por Abel, mas sabia que ele não lhe fazia bem, e que se continuassem juntos acabaria morando com seu tio surdo em um quarto e com Abel e suas cervejas com gelo no outro, enquanto ela trabalhava o dia todo em um hospital ou em um aeroporto ou em um clube de campo, trabalho que a faria chegar sempre tarde em casa até esquecer seus sonhos. Ao lado dele jamais seria uma grande atriz, mas sim a estrela/tesoureira do grupo de teatro local que depois de sua morte levaria seu nome – o que não era ruim, mas não era o que ela queria. Rita sabia de tudo isso com a mesma certeza de que sabia que seu nome era Rita, que a água do rio cura, que a cor da grama nem sempre é verde. De modo que decidiu fazer amor naquela última noite com Abel e se despedir dele sem se despedir.

Fez amor primeiro devagar e depois intensamente, com o coração na pele, com a vontade nas mãos, com o mesmo desejo que havia sentido – e continuaria sentindo – por ele desde a primeira vez que o vira, perto da praia, quando Abel abraçara sua cintura e lhe dissera "Não vá embora, fique comigo".

Oito meses e três semanas depois desse dia em que lavava sua calcinha cor-de-rosa no chuveiro, nasceu João Pedro de Almeida Santos Abreu, seu frio na barriga.

João ganhou o mesmo nome de seu tio-avô surdo, o mesmo azar no amor de Rita e o mesmo gosto por cerveja com gelo de Abel, embora jamais o tenha conhecido. Ela se recusou a contar a Abel sobre a existência de João e a João sobre a existência de Abel. Porém, quando o menino tinha 5 anos, o homem ficou sabendo que tinha um filho e passou muitas noites bêbado em frente à casa dela, gritando: "Eu sou seu pai. ESTE HOMEM AQUI FORA É SEU PAI!".

Quando João perguntou à mãe se o que o bêbado dizia era verdade, Rita se limitou a responder: "Cada um acredita no que quer acreditar".

Depois dessa pergunta, Rita soube que tinha que ir embora dali.

No dia em que seu tio morreu, Rita encaixotou suas coisas, pegou a mão de seu filho e foi para o Rio se tornar por fim a atriz que sempre havia sonhado em ser. Antes de entrar no táxi, João colou na porta da casa um papel que dizia:

> SENHOR BÊBADO
> QUE GRITA À NOITE
> E QUE DIZ SER MEU PAI.
>
> Estamos indo para o Rio.
> Este é nosso novo
> endereço. Vá me ver.
>
> Rua Marquês de São Vicente
> 476, Gávea
> CEP 22451-040
> Rio de Janeiro/RJ

No dia de seu aniversário de 21 anos, João saiu de casa pronto para apresentar na faculdade uma das teorias científico-emocionais às quais dedicava todas as suas horas vagas, todas as noites frias de junho ao lado da mãe enquanto ela ensaiava as falas em voz alta.

RIO, VINTE E UM ANOS DEPOIS

João havia crescido sozinho praticamente sem amigos, e como era de se esperar, nunca se apaixonara.

Entre gravações de novelas (que faziam que Rita jamais estivesse em casa e voltasse a horas sempre incomuns, como 1h45 da manhã ou 2h02 da tarde), sua mãe às vezes se lembrava de que tinha um filho e gritava: "Pare de ler e vá arrumar uma namorada!". Logo depois, era como se esquecesse de novo a existência de João, e começava a recitar monólogos extensos nos quais praguejava com fervor contra a televisão brasileira, os chefes de produção, o mau hálito da protagonista, a comida dos sets de filmagem e seus efeitos na queda de cabelo, os roteiristas e seus sonhos frustrados. Rita não queria ser somente a atriz secundária da novela das sete. Rita queria fazer sucesso em Hollywood, ganhar um Oscar, ter uma mansão com dois leões dourados na entrada. Sua motivação era a insatisfação, e a insatisfação crônica, como todo o mundo sabe, é um vírus mortal.

O sonho de João era ser o Carl Sagan das teorias afetivas, e tinha certeza de que, nesse dia, o que apresentaria na aula revolucionaria o mundo e lhe daria fama internacional. Mas isso nunca aconteceu.

A caminho da faculdade, sentado na segunda fila (da frente para trás) do ônibus, João conheceu Aurora.

Aurora tinha 19 anos, gostava de comer pasta de dentes escondida e queria ser médica. Poder-se-ia dizer que o que aconteceu quando se viram foi amor à primeira vista. Mas isso, além de ser um clichê horroroso, seria contar apenas parte da verdade.

O que aconteceu foi o seguinte: João viu Aurora e se apaixonou por ela. Soube disso porque preferiu ficar falando do clima ou da situação política até o ponto final do ônibus, quando o motorista os fez descer no meio do nada. Por isso, ele nunca apresentou sua revolucionária teoria afetiva, decisão da qual se arrependeria para sempre.

Aurora viu João e pensou que poderia se apaixonar por ele. E mais ainda: que queria tentar.

O que aconteceu dali em diante é a história de amor e desamor de João Pedro de Almeida Santos Abreu, a melhor e a pior coisa que lhe aconteceu na vida.

Depois dessa tarde, João e Aurora se encontravam todas as manhãs para tomar o café juntos e todas as noites para ler. Ele: livros de física quântica e Freud. Ela: *Gray's anatomy*. No começo, João não sabia que estava apaixonado, porque da primeira vez sempre se ama com suspeita. Porém, houve um momento em que tudo ficou claro e categórico. Aquilo era estar apaixonado. As mãos de Aurora sobre suas pernas no ônibus; o modo como a camiseta branca que a mãe dela lhe havia dado se colava a seu corpo quando andavam perto da praia; os segredos que ela lhe contava no ouvido; os pedaços de pasta de dentes passados nos beijos e que ele recebia como se recebe um doce de língua a língua.

Aurora sempre achou que poderia se apaixonar por João, mas nunca conseguiu, porque, por mais que a pessoa queira, o amor não funciona como um vírus. O amor é intransferível, unipessoal. Duas pessoas nunca podem sentir o mesmo amor, mesmo que passem uma vida inteira tentando.

João sabia disso, e sabia desde o começo que as coisas iam acabar muito mal; mas isso não o impediu de esquecer tudo e fazer de Aurora seu mundo. Aurora, cansada de não sentir nada, começou a transar com muitos amigos e outro monte de desconhecidos, para se sentir viva. João ficou sabendo, mas não foi capaz de deixar Aurora. Aurora pensou que a dor de João a aproximaria mais dele, mas isso, tristemente, também não funcionou.

Um dia, no aniversário de seu único amigo, João encontrou Aurora de joelhos fazendo um boquete em Luís – o aniversariante –, em uma esquina escura perto do quiosque da piscina. Voltou para casa e ficou sentado na beira da cama uma hora, duas horas, cinco horas. Permaneceu imóvel. Ficava só repassando na cabeça a imagem dos dois diante dele. Eles em meio a um fulgor de gemidos sutis. Ele em silêncio absoluto. A sensação de que sua vida desvanecia, o tremor nos joelhos, a dor surda, a náusea, a vertigem. Ele não sabia quantas horas haviam se passado desde que os vira juntos. Talvez oito. Talvez menos. Quando chegou em casa, Rita lhe perguntou o que estava sentindo, e ele respondeu: nada.

Querida Aurora:

Dói. Dói muito. Dói no estômago e nos braços e no peito e nos lábios. Minhas mãos tremem o tempo todo. Eu tremo inteiro. Não consigo dormir. Choro desconsoladamente. Quero ser comedido. Quero chorar com compostura, mas não consigo. Só consigo expressar gritos e lamentos desgarrados que nascem de um lugar que eu não conhecia até hoje, até ontem. Meu pranto nasce de uma dor tão profunda, tão abismal, tão intensa, tão implacável, que é inominável, ~~indizílvel~~ indizível. Nem mesmo os piores adjetivos do mundo poderiam se aproximar do ~~qe~~ que sinto. Nem mesmo palavras como horripilante, enlouquecedor, terrível, terrificante, horrendo.

João

Não era verdade.

João escreveu essa carta, mas nunca a entregou. Não conseguia encarnar ou transmitir seus sentimentos com veracidade. Chorou tanto que achou que ia morrer, e depois de muitos meses sem dormir nem comer, pensando que o mundo não tinha sentido, ele recordou suas esquecidas teorias afetivas, o poder da neurolinguística e sua semelhança com a bruxaria.

A dor que ele sentia era tão grande que já não sentia nada mais. Pensava que só queria sair desse estado de choque para que ele e seu corpo inteiro se dessem conta de que o que havia acontecido era verdade e, assim, começassem a sentir. Quanto mas rápido começar a dor, mais rápido passará, pensou.

Sentou-se para escrever e escrever e escrever. Depois de dois meses, o resultado foi uma canção que fazia as vezes de programação neurolinguística remota, um conjuro que tinha o poder de levar Aurora às lágrimas só de ouvi-la. Independentemente de onde estivesse, ou de como se sentisse.

"Chorando se foi", conhecida como "Lambada", é uma canção/dispositivo de manipulação psicoemocional tão efetiva que ainda hoje, quando alguém a canta em um casamento, Aurora sente dor de estômago e tristeza no corpo.

Essa foi a vingança de João, que nunca mais se apaixonou, que nunca mais escreveu teorias afetivas.

Hoje, João vive em uma remota cidadezinha no Chile e é milionário graças aos direitos autorais sobre a canção. Dizem que é famoso no Zimbábue, e que alguém, um dia, fará um documentário sobre sua história que transformará a vida de todo o mundo, menos a dele. Um documentário que ganhará o Oscar que Rita nunca ganhou.

Teoria do não retorno afetivo

ESTUDO FINAL SOBRE A PSICOAFETIVIDADE POSITIVA

João Pedro de Almeida Santos Abreu – 21 de junho de 1989

O mais difícil é começar. Depois de dar o primeiro passo, basta se deixar levar por essa força invisível que empurra a todos e a tudo para a frente.

A tendência natural é crescer, avançar. Sair do ponto A para o ponto B e depois para o ponto C (ver Figura). E mesmo que a vida nos faça voltar ao ponto A, sempre, independentemente de qualquer coisa, após esses regressos ou retrocessos o ponto D estará esperando de novo, e depois o ponto E, o F, G, H, I, J , K, L, M, N, O, P, Q, R, S, T, U, V, W, X, Y, Z.

A mobilidade entre diversos pontos vitais é indiferente ao fator de que a força de movimento é, sem exceção, positiva.

A conclusão da teoria do não retorno afetivo diz que sempre é mais fácil ir para a frente do que para trás. Ir para trás, embora necessário, implica maior gasto de energia física e, especialmente, emocional. Isso se aplica a viagens ao passado ou àqueles que gostam de correr de costas porque acham que assim não machucarão os joelhos.

Viver no passado é científica e espiritualmente inviável. A vida está aqui e agora.

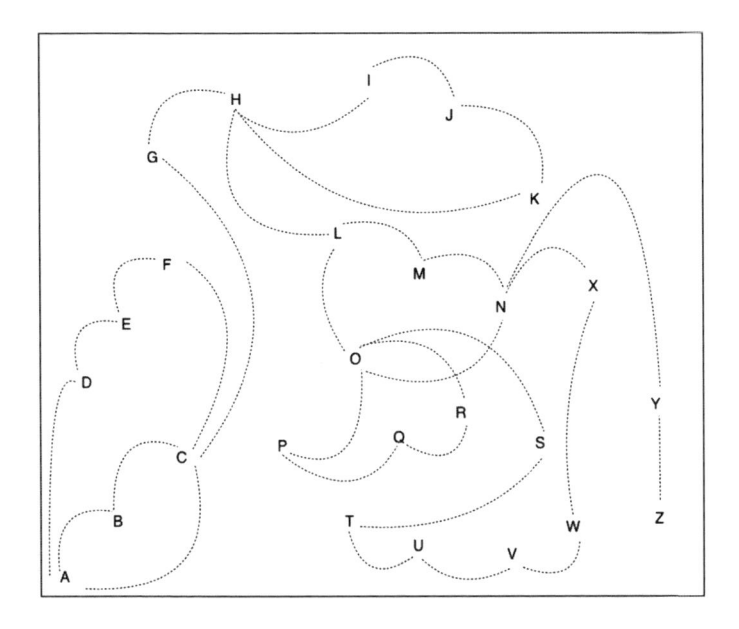

Figura: Mapa de movimento harmonioso simples nas situações psicoafetivas do ser humano (ABREU, João Pedro de Almeida Santos).

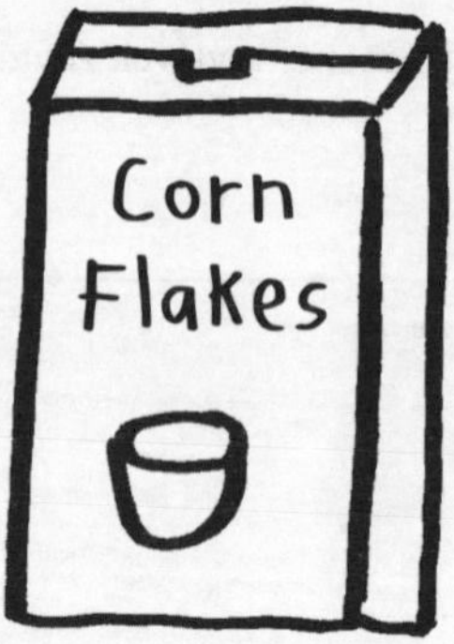
Corn
Flakes
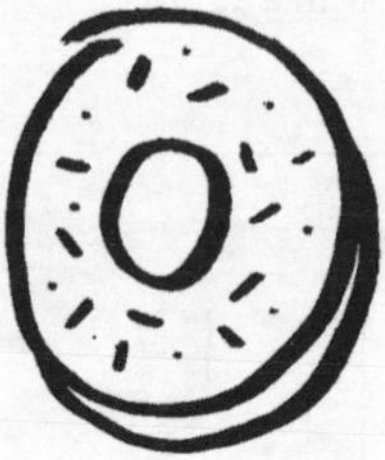
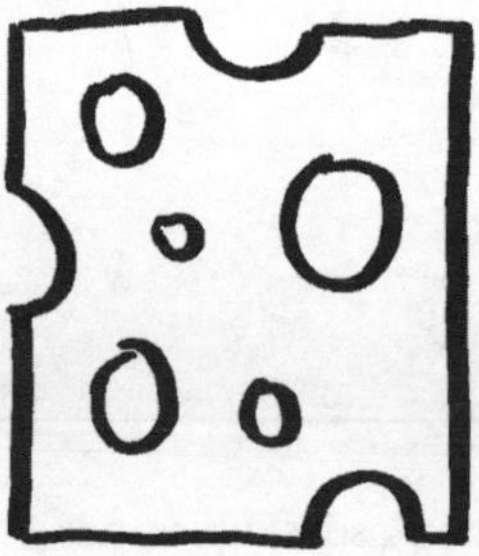
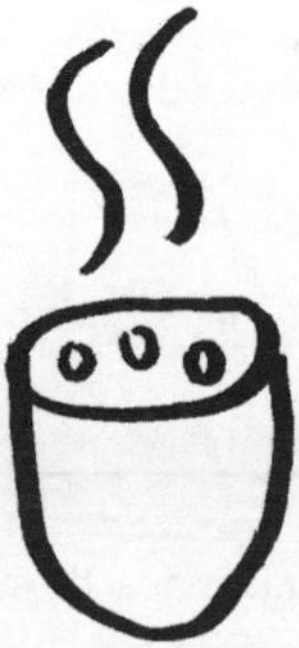
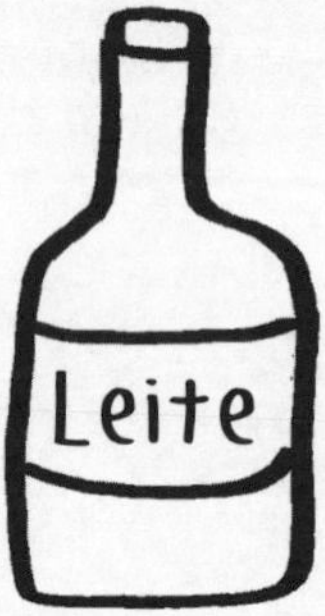
Leite
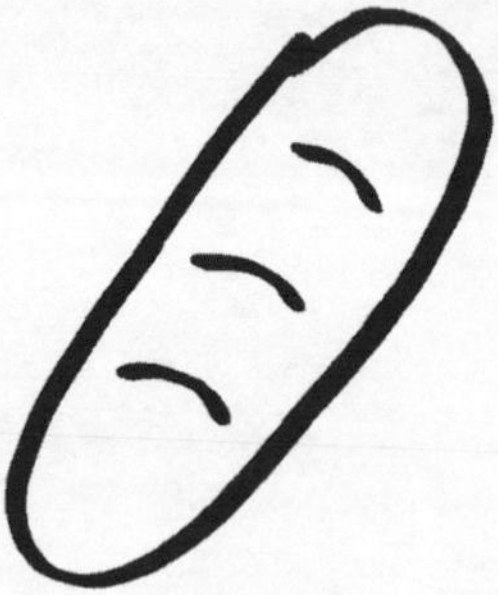

RECEITAS

Pratos de todos os tipos para sobreviver a um coração partido

NOTA: Todas essas receitas são fruto da imaginação e do talento da chef Silvana Villegas, cabeça criativa do Masa (seu restaurante/padaria e lugar onde foi escrita a maior parte deste livro).

SOPA MÁGICA QUE CURA TODOS OS MALES

(na realidade, é só uma sopa de frango com legumes)

6 porções

INGREDIENTES	QUANTIDADES
Peito de frango	1 unidade
Água	6 xícaras
Sal	1 colher de chá
Colorau	1 pitada
Alho picado fino	2 unidades
Cebola roxa picada fino	1 unidade
Óleo	1 colher de sopa
Cenoura sem casca e cortada em cubinhos	1 unidade
Milho	1/2 xícara
Ervilha	1/3 xícara
Vagem cortada em pedaços pequenos	1/3 xícara
Pimentão cortado em pedaços pequenos	1/4 unidade
Banana verde média sem casca e cortada em cubos	1/2 unidade
Batata sem casca e cortada em cubos	3 unidades
Cebolinha	1/2 unidade

Folhas de espinafre cortadas em tiras	6 folhas
Coentro	1 raminho
Sal e pimenta	a gosto

PASSO A PASSO

1. Levar o peito de frango a uma panela com a água e meia colher de sopa de sal.
2. Cozinhar em fogo médio por 10 minutos aproximadamente ou até que fique completamente cozido.
3. Retirar e desfiar o peito de frango.
4. Lavar e cortar todos os vegetais.
5. Picar o alho e a cebola roxa e refogar em um pouco de manteiga com sal e pimenta.
6. Acrescentar a água do cozimento do peito de frango.
7. Acrescentar todos os vegetais picados, a batata, a banana e o raminho de coentro e cozinhar até que a cenoura e a banana estejam macias.
8. Retirar o ramo de coentro e temperar com sal e pimenta.
9. Acrescentar o espinafre e o frango desfiado.
10. Decorar com um pouco de coentro picado e servir.

BISCOITOS DOS SENTIMENTOS

(Não nos ocorreu um nome melhor)

20 a 24 biscoitos

Esta receita consiste em duas partes, a primeira: assar os biscoitos de manteiga, como os que comíamos quando éramos crianças. A segunda: escrever neles (com glacê) aquilo que te sobrecarrega, que faz você chorar no travesseiro em silêncio todas as noites antes de dormir, aquilo que você não consegue tirar do peito, uma dor que se instalou no canto direito do estômago ou um pensamento que não te deixa livre. Ao cozinhar os biscoitos, escrever neles e comê-los, você está transformando um sentimento, uma memória ou um impulso terrível em algo positivo.

Usar esta receita em caso de:
- Sentir vontade irremediável de cometer atos autodestrutivos.
- Sentir que algum sentimento negativo é maior que você.
- Ter pensamentos derrotistas recorrentes.
- Ter vontade de comer biscoitos.

INGREDIENTES | QUANTIDADES

INGREDIENTES	QUANTIDADES
Manteiga em temperatura ambiente	250 gramas
Açúcar refinado	1 xícara
Açúcar de confeiteiro	1/8 xícara
Farinha de trigo	2 ½ xícaras

PASSO A PASSO

Preaquecer o forno a 160°C.

1. Em uma batedeira, ou à mão, amolecer a manteiga até obter uma textura cremosa.
2. Quando estiver pronta, acrescentar a metade do açúcar refinado e bater até incorporá-lo à manteiga.
3. Misturar a outra metade do açúcar refinado com o açúcar de confeiteiro e juntar à massa, intercalando com a farinha, até que fique tudo homogêneo.
4. Em uma mesa limpa, polvilhar um pouco de farinha.
5. Esticar a massa com um rolo até que fique com 5 milímetros de espessura. Meça com a régua que você ainda guarda em casa desde que estava no quarto ano.
6. Cortar os biscoitos com o molde de sua escolha. Se não tiver molde, use uma faca para fazer bonequinhos ou o que quiser.
7. Dispor os biscoitos em uma assadeira e assar a 160°C por 15 a 20 minutos. Atenção: não deixar os biscoitos dourarem.
8. Deixar esfriar.

Glacê para cobrir os biscoitos / escrever seus sentimentos neles

INGREDIENTES	QUANTIDADES
Açúcar de confeiteiro	½ xícara
Leite	2 colheres de chá
Corante	a gosto

PASSO A PASSO
1. Em uma tigela, colocar o açúcar e o leite e mexer com a batedeira ou uma colher.

Para cobrir os biscoitos
O glacê deve ficar meio líquido. Mergulhar só a superfície do biscoito no glacê, criando uma camada uniforme.

Para escrever sentimentos
1. Misturar o açúcar e o leite até que fique parecendo pasta de dentes, mas mais suave. Para isso, pôr um pouco mais de açúcar de confeiteiro ou menos leite.
2. Acrescentar o corante conforme a decoração que quiser fazer no biscoito, colocar a mistura em um saco de confeiteiro pequeno e escrever.

Esta receita consta de duas partes: a primeira, assar biscoitos de manteiga, como aqueles que comíamos quando éramos crianças. A segunda, escrever neles (com o glacê) aquilo que o sufoca, que o faz chorar baixinho no travesseiro todas as noites antes de dormir, que não consegue tirar do peito, a dor que está instalada no canto direito do seu estômago ou um pensamento que não o deixa livre. Ao assar os biscoitos, escrever neles e comê-los, você está transformando um sentimento, lembrança ou impulso funesto em algo positivo.

♡ VONTADE DE REINCIDIR COM MEU EX

ideia nº 1

PENSAR QUE SE EU CLAREAR OS DENTES ELE(A) VAI VOLTAR A ME AMAR

ideia nº 3

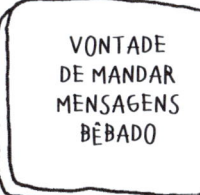

VONTADE DE MANDAR MENSAGENS BÊBADO

ideia nº 2

PENSAR QUE TUDO É CULPA MINHA

ideia nº 4

PROCURAR NO GOOGLE COMO FAZER VODU EM CASA

ideia nº 5

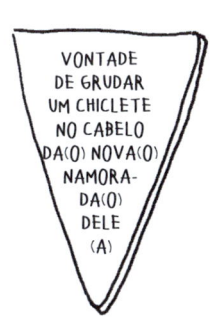

VONTADE DE GRUDAR UM CHICLETE NO CABELO DA(O) NOVA(O) NAMORA-DA(O) DELE(A)

ideia nº 6

ARROZ COM OVO (OPÇÃO VEGETARIANA)

1 porção (para alguém que tem muita fome porque o desamor o fez perder toda a noção do que é uma porção decente. Se este não é o seu caso, pode dividir com um amigo ou com seu cachorro).

Esta receita é uma reinvenção de um clássico colombiano e serve como medidor de seu estado emocional.
CAPAZ DE FAZER UM ARROZ COM OVO = BOM
INCAPAZ DE FAZER UM ARROZ COM OVO = RUIM

INGREDIENTES	QUANTIDADES
Arroz branco	2 xícaras
Água	4 xícaras
Cebola	1/4 unidade
Pimentão	1/8 unidade
Alho	2 dentes
Cebolinha	1/2 unidade
Óleo	1 colher de sopa
Ovos	3 unidades
Manteiga	1 colher de chá
Sal	1 colher de chá

PASSO A PASSO

Para o arroz

1. Cortar a cebola e o alho finamente e refogar em uma panela com 1 colher de sopa de óleo.
2. Acrescentar a água, o pimentão, a cebolinha e o sal.
3. Acrescentar o arroz e cozinhar em fogo médio.
4. Quando a água evaporar, tampar, baixar o fogo e cozinhar por mais 15 minutos.
5. Quando estiver pronto, desligar o fogo.
6. Reservar.

Para os ovos

1. Bater os ovos em uma tigela e acrescentar 1/2 colher de chá de sal.
2. Em uma frigideira, pôr a manteiga, acrescentar os ovos e o arroz.
3. Mexer até que tudo esteja incorporado e úmido, mas cozido.
4. Decorar com ingredientes mágicos (ver receita abaixo) e servir.

INGREDIENTES MÁGICOS	QUANTIDADES
Alho	2 colheres de sopa
Gengibre	2 colheres de sopa
Óleo vegetal	2 colheres de sopa
Sal	1 colher de chá

PASSO A PASSO
1. Picar fina e uniformemente o alho (em culinária, isso se chama brunoise). Descascar o gengibre com a ajuda de uma colher e picá-lo também à brunoise.
2. Fritar o alho em uma panela com um pouco de óleo, até ficar cor de canela.
3. Retirar do fogo e despejar em uma folha de papel toalha. Não deixar o alho dourar demais, porque fica amargo.
4. Repetir o mesmo processo com o gengibre.
5. Depois de frios, misturar tudo, junto com um pouco de sal.

BISCOITOS COM GOTAS DE CHOCOLATE

Aproximadamente, 20 biscoitos

São biscoitos com gotas de chocolate, mas deveriam se chamar biscoitos para sair de uma depressão. Se isso não o fizer se sentir feliz, não sei o que fará.

INGREDIENTES	QUANTIDADES
Açúcar	1 e 1/2 xícara
Manteiga derretida	1 xícara
Ovo	1 unidade
Baunilha	1/2 colher de sopa
Farinha de trigo	1 e 1/2 xícara
Bicarbonato	1 pitada
Fermento em pó	1/4 de colher de chá
Sal	1/2 colher de chá
Chocolate 53% ou meio amargo	188 gramas, picado

PASSO A PASSO PARA OS BISCOITOS
1. Misturar a manteiga e o açúcar.
2. Bater o ovo com a baunilha e acrescentar à manteiga.
3. Misturar a farinha, o sal, o fermento em pó e o bicarbonato e acrescentar à massa.
4. Adicionar os pedaços de chocolate.
5. Com uma colher de sorvete, dividir as porções, dependendo de quantos biscoitos quiser.
6. Congelar.
7. Assar a 175°C por 12 minutos, aproximadamente.

Em casos de depressão severa, não hesite em transformá-los em sanduíche de sorvete.

PARA MONTAR O SANDUÍCHE DE SORVETE
1. Pegue uma bola de seu sorvete favorito.
2. Coloque-a entre 2 biscoitos.

PANQUECAS
6 porções

Um clássico que pode ser modificado dependendo do estado de ânimo ou do nível de raiva. Se usar frutas para acompanhar, por exemplo, seu coração está dizendo algo bem diferente do que se usar creme chantili, ou doce de leite, ou sorvete, ou os três juntos.
O coração às vezes fala por meio de desejos gastronômicos.

INGREDIENTES	QUANTIDADES
Farinha de trigo	1 xícara
Açúcar refinado	2 colheres de sopa
Fermento em pó	1/2 colher de chá
Sal	1/2 colher de chá
Leite	1 xícara
Manteiga	2 colheres de sopa
Ovo	1 unidade
Óleo	1 colher de sopa

PASSO A PASSO

Para a massa

1. Misturar a farinha, o açúcar, o fermento em pó e o sal em uma tigela.
2. Acrescentar o leite e o ovo e mexer com um batedor, para não formar grumos.
3. Derreter a manteiga e acrescentá-la à mistura.

Para fritar as panquecas

1. Colocar óleo ou manteiga em uma frigideira não muito quente e verter a massa de panqueca.
2. Tampar para que cozinhe mais rápido.
3. Cozinhar em fogo baixo até que a panqueca forme bolhas e esteja suficientemente cozida para poder virá-la com uma espátula.
4. Servir acompanhadas de banana, mirtilo, morango, creme chantili, sorvete ou o que seu estado de ânimo pedir.

PUDIM DE PÃO DE CROISSANT

4 a 6 porções

==Esta receita pode dar muito certo ou muito errado.==
==Que o resultado seja um medidor de seu progresso emocional.==

INGREDIENTES	QUANTIDADES
Croissant	3 unidades
Ovo	1 unidade
Açúcar	2 colheres de sopa
Leite	2/3 de xícara
Creme de leite	1/2 xícara
Baunilha	1/2 colher de chá
Brandy	1/2 colher de chá
Uva passa (opcional)	2 colheres de sopa

PASSO A PASSO

1. Preaquecer o forno a 175°C.
2. Untar um ramequim com manteiga e polvilhar açúcar cristal.
3. Cortar o croissant em pedaços pequenos e iguais e colocá-los em uma tigela.
4. Misturar o leite, o creme de leite e o açúcar em uma panela.
5. Levar ao ponto de fervura.
6. Bater os ovos em uma tigela.
7. Juntar a mistura quente aos ovos e bater constantemente.
8. Devolver imediatamente à panela e cozinhar por alguns minutos, até que volte a ferver.
9. Retirar do fogo e acrescentar a baunilha e o brandy.
10. Verter toda a mistura sobre os pedaços de croissant e acrescentar uvas passas.
11. Misturar bem, até que o pão absorva todo o líquido.
12. Dividir a mistura pelos ramequins.
13. Assar de 10 a 12 minutos aproximadamente, ou até que o pão doure.
14. Decorar com açúcar de confeiteiro.
15. Servir frio ou quente, acompanhado de creme inglês.

CHEESECAKE SEM FORNO
6 porções

==Ideal se você esqueceu de pagar a conta de luz ou de gás porque ficou chorando na cama.==

PARA O CHEESECAKE

INGREDIENTES	QUANTIDADES
Açúcar	1/4 xícara
Cream cheese	1 xícara
Suco de limão	1/4 colher de chá
Suco de laranja	1/2 colher de chá
Baunilha	1/2 colher de chá
Creme de leite	1/2 xícara

PASSO A PASSO

1. Em uma batedeira, misturar a metade do açúcar com o cream cheese.
2. Acrescentar o suco de limão, o suco de laranja e a baunilha.
3. Bater o creme de leite com a outra metade do açúcar até que fique firme.
4. Com uma espátula, misturar o creme de leite batido com a mistura de cream cheese. A ideia é que fique esponjoso.
5. Pôr em um saco de confeiteiro e levar ao refrigerador.

PARA O BISCOITO

INGREDIENTES	QUANTIDADES
Biscoitos Maisena	4 unidades
Açúcar	2 colheres de sopa
Manteiga	¼ de xícara

PASSO A PASSO
1. Preaquecer o forno a 160°C.
2. Triturar os biscoitos até virarem pó.
3. Derreter a manteiga.
4. Misturar o pó de biscoitos, o açúcar e a manteiga.
5. Pôr a mistura em uma forma forrada com papel manteiga e levar ao forno por 5 minutos, ou até que o biscoito doure.
6. Tirar do forno e deixar esfriar.

PARA SERVIR
1. Cortar uma banana em rodelas e pingar umas gotas de limão para que não escureça.
2. Em uma taça transparente, colocar um pouco do cream cheese (nosso cheesecake sem forno).
3. Acrescentar as rodelas de banana e polvilhar com o biscoito.
4. Repetir o processo formando camadas.
5. Servir frio.

QUEIJO-QUENTE COM BATATA FRITA

1 porção

==Há pessoas superprofissionais que fazem isso na frigideira, e não em uma sanduicheira, bem como há mestres espirituais que não precisariam deste livro.== Cada um sabe de si.

INGREDIENTES	QUANTIDADES
Pão brioche/country sour/mie	2 unidades
Queijo gruyère	6 unidades de 10 g cada fatia
Queijo gouda	2 unidades de 20 g cada fatia
Manteiga	a gosto
Geleia de cebola roxa	2 colheres de sopa

PASSO A PASSO

1. Cortar o pão e untar uma das fatias com a geleia de cebola.
2. Acrescentar o queijo, fechar e pôr na sanduicheira.
3. Untar a fatia do pão com manteiga.

PARA SERVIR

1. Cortar o sanduíche diagonalmente, de modo que fiquem dois triângulos.
2. Servir em um prato bonito. É para você.
3. Para acompanhar, batata frita.

GELEIA DE CEBOLA

INGREDIENTES	QUANTIDADES
Cebola roxa grande	1 unidade
Óleo	1 colher de sopa
Sal	1/2 colher de chá
Açúcar	1 colher de sopa
Vinagre balsâmico	1 colher de chá
Raspas de laranja	opcional

PASSO A PASSO

1. Cortar a cebola bem fininha e refogá-la em uma panela, em fogo médio, até que fique translúcida.
2. Acrescentar o sal.
3. Acrescentar o açúcar e cozinhar por aproximadamente 5 minutos, ou até que a cebola amoleça.
4. Acrescentar o vinagre balsâmico e um pouquinho de raspas de laranja.
5. Deixar esfriar.

FRANGO ASSADO

4 porções

Esta receita é boa porque, durante duas horas, manterá você ocupado com outra coisa que não sua tristeza. Se seguir as instruções ao pé da letra, você se sentirá um chef, e, consequentemente, será capaz de tudo.

INGREDIENTES	QUANTIDADES
Frango inteiro	1 unidade
Cenoura pequena	6 unidades
Cebola	1 unidade
Alho-poró	1 unidade
Batata asterix	5 unidades
Azeite de oliva	a gosto
Sal e pimenta	a gosto
Tomilho	10 ramos

PASSO A PASSO

1. Preaquecer o forno a 230°C.
2. Secar bem o frango com um papel toalha.
3. Amassar o alho com um pouquinho de sal e passá-lo no frango por dentro e por fora.
4. Derreter a manteiga e banhar o frango com ela.
5. Temperar a parte de dentro do frango com sal e pimenta e 6 raminhos de tomilho.
6. Pôr o frango em um refratário, com o peito para cima, e amarrar os pés e as asas.
7. Descascar as cenouras e cortá-las ao meio.
8. Cortar o alho-poró ao meio.
9. Cortar a cebola em 4 partes.
10. Misturar as batatas com os outros vegetais, temperar com sal, pimenta, 4 raminhos de tomilho e azeite de oliva.
11. Pôr as batatas e os vegetais em volta do frango, temperar com sal e acrescentar o resto do azeite.
12. Assar por 25 minutos a 220°C.
13. Baixar a temperatura para 200°C e assar mais 30 a 40 minutos, ou até que a temperatura interna das coxas do frango seja de 73°C.
14. Servir.

GUIA PARA O AMOR PÓS-DESAMOR

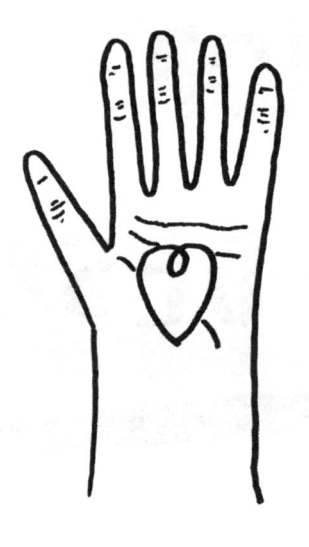

Fazer guias para o desamor é fácil. Fazer guias para o amor, por outro lado, é quase impossível. A razão? Não sabemos amar. Aprendemos sobre o amor vendo A pequena sereia, que entrega seu maior talento (a voz) a Úrsula, que é má e medrosa, para se ~~tarns~~ transformar em alguém que não é e ir atrás de um homem que não conhece.

Isso não está certo. E se amar é difícil, amar depois do desamor é ainda pior. Ainda nos sentimos meio quebrados, cheios de fantasmas e em estado de constante hipocondria em relação a sentir novamente uma dor tão profunda como a que acabamos de deixar para trás.

Para suportar esses medos e não cometer erros como Ariel, eis aqui um guia para o amor depois do desamor.

* 99,999% de probabilidade de sucesso se seguir o guia ao pé da letra.

PARTE 1
COMO NÃO AMAR

Amar é uma ~~exprien~~ experiência individual a e intransferível. Há tantas formas de amar quanto fotos das Kardashian no mundo. Esta é uma lista ~~se~~ de exemplos de como NÃO amar, já que não existe uma lista de como fazê-lo.

> NÃO BATI NELA, MINHA MÃO ESCORREGOU.

COMO OSVALDO RÍOS COM SHAKIRA (OU COMO CHRIS BROWN COM RIHANA).

> ELE ME AMA, ME DEIXA PRESA EM UM QUARTINHO, ISSO É AMOR DE VERDADE.

COMO BETTY COM ARMANDO.

"EU O AMO. ELE VIVE EM MINHA CASA COM A ESPOSA."

COMO FRIDA COM DIEGO.

"VOU DESAPARECER POR UM MÊS PARA LHE MOSTRAR QUE ME IMPORTO COM ELA E A AMO."

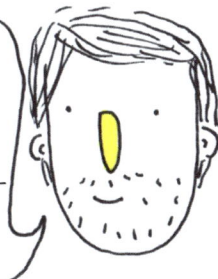

COMO F., EX-NAMORADO SATÂNICO DE MINHA MELHOR AMIGA.

"DEPENDENTE DO AMOR? EU? JAMAIS!"

COMO ELIZABETH TAYLOR.

"AS PESSOAS QUE DIZEM QUE HAVIA ESPAÇO PARA MIM NAQUELA TÁBUA SÃO INVEJOSAS. ROSE ME AMA."

COMO JACK COM ROSE EM *TITANIC*.

DESENHE AQUI ALGUNS EXEMPLOS DE COMO NÃO AMAR [VALE INCLUIR EX-NAMORADOS(AS), EX-AMANTES OU A SI MESMA(O)].

QUERIDO DEUS:
OU ME ARRANJE ALGUÉM QUE RESOLVA MEU FRIO, OU ACABE COM O FRIO PARA SEMPRE.

PARTE 2
BUSCANDO UM
POUCO DE AMOR

Como diria a grande filósofa ~~existen~~ existencial Cher: "Você acredita em vida após o amor?". Em meu caso pessoal, a resposta era um NÃO bem redondo. Todas as minhas crenças sobre o amor haviam caído por terra. Meus esforços foram em vão. Minha decepção era profunda demais. Não só era muito difícil reinventar a mim mesma e me acostumar a uma nova vida, como também me tornei uma cínica irremediável. "O amor não existe" ~~of~~ foi durante muito tempo meu lema de vida. Eu estava decidida a renunciar ao amor para sempre e encontrar afeto incondicional em uma cachorrinha da raça Bernese que ia se chamar Cindy, em homenagem a Cindy Crawford. Cindy nunca me trairia, ficaria feliz por me ver todos os dias de sua vida, não brigaria comigo por eu não lavar a louça, não me trocaria pela ex do meu ex, e não me diria coisas como: "Faz tempo que você não posta uma foto minha no Instagram. Com certeza é porque não me ama mais".

Acontece que a vida é sábia (e uma Bernese não cabe em minha casa). Então, mesmo com um monte de medos, descobri que o que eu estava buscando não era Cindy, e sim um novo (e mais saudável) amor).

ESTA É CINDY. ~~O PET~~ A MELHOR COISA QUE NÃO ME ACONTECEU NA VIDA. CINDY, TE AMO.

* VER UMA CINDY NA RUA É SINAL DE SORTE NO AMOR. TIRE UMA FOTO DELA E POSTE-A COM A HASHTAG #CINDYTRAZOAMOR.

Eis aqui uma lista de pré-requisitos necessários para encontrar o amor depois do desamor:

1. A menos que você seja a Taylor Swift, procure passar um tempo sozinha(o). O desamor não funciona como a zika, ou seja, não é preciso ficar de quarentena para voltar a amar; mas lembre-se de que o tempo cura tudo. Cura tudo e pode (quase) tudo.

2. Assegure-se de que sua história passada esteja no lugar ~~em~~ a que pertence. Seja qual for esse lugar, lembre-se de que é um lugar que você já NÃO habita. (A menos que o habite, sim. Nesse caso, leia este livro de novo desde o começo.)

3. O amor não aparece como o BeettleJuice (mas deveria). Se realmente quiser encontrar alguém, tem que trabalhar para isso. Ou seja, estar disposta(o) a conhecer gente nova, sair muito, passar por encontros ruins, aprender a paquerar via Tinder, (Jamais pelo ~~Linked~~ LinkedIn) e todas essas coisas que podem ser meio infernais, mas que um dia terão valido a pena.

4. Como não sou especialista no assunto, não ~~mé~~ me ocorre mais nada. Mas se você pensar em algo mais, por favor, escreva-o aqui:

_____
_____
_____
_____
_____
_____
_____
_____

ABERTO
(QUASE)
SEMPRE

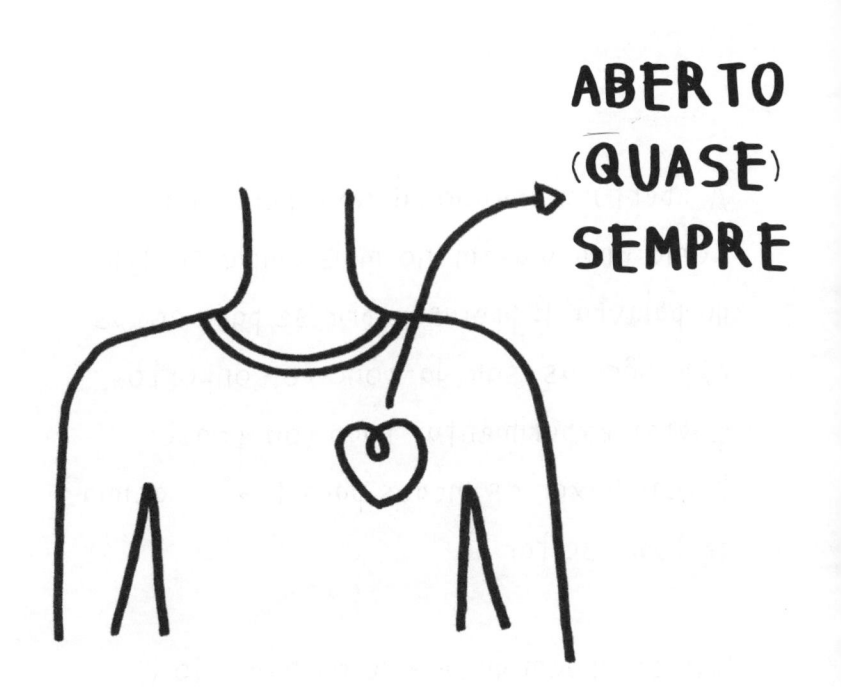

PARTE 3
A TEORIA DA
VIAGEM

A abertura emocional deve funcionar como uma viagem, no mais amplo sentido da palavra. É preciso abrir-se para novas experiências, sair da zona de conforto, querer experimentar tudo (ou quase tudo), deixar os medos para trás e, acima de tudo, soltar.

Não sei quem disse que o amor não é um destino, e sim uma viagem (acho que foi o Aerosmith, a Mia Astral, ou acabei de inventar); seja como for, se estiver pronto para amar de novo, é uma boa ideia começar por estas três opções:

UM
VIAJAR PARA OUTRO LUGAR

Nas palavras de Terry Pratchett: "Para que vamos embora? Para voltar. Para ver com novos olhos e mais cores o lugar a que pertencemos. E quando voltamos, as pessoas nos veem com novos olhos também. Voltar não é a mesma coisa que nunca ter partido".

Nesse sentido, não há nada mais terapêutico do que uma viagem, seja para Bali ou para a casa de seu melhor amigo. Viajar serve para voltar a si mesmo, para reconectar-se com o essencial, para recordar as pequenas coisas que a(o) fazem feliz e também para conhecer gente nova, encontrar ~~ao~~ o amor de sua vida em um show ou algo assim, nunca se sabe...

DOIS

VIAJAR PARA OUTRAS PESSOAS

Esta é a parte em que digo não existir esse negócio de "um amor se cura com outro". ~~O que acontece~~ Existem amantes certos e amantes errados. O ideal é acreditar que conhecer outras pessoas represente uma viagem que pode acabar mal; que pode ser divertida, mas curta; ou que (se os planetas se alinharem e Cristo, Nossa Senhora e Beyoncé permitirem) pode ser transcendental.

Tudo bem viajar para outros corpos, desde que não seja uma desculpa para não encarar tristezas ou para fugir de si mesmo.

AMANTE ERRADO

- NAMORA OU É CASADO
- NÃO DEMONSTRA INTERESSE EM SUA VIDA OU SENTIMENTOS
- "É UMA BOA FODA, MAS..."
- FAZ VOCÊ CHORAR
- ACHA QUE RICARDO ARJONA É UM POETA
- NÃO GOSTA DE ANIMAIS
- DEVE-LHE DINHEIRO

AMANTE CERTO

- VOCÊ ADMIRA O QUE ELE(A) FAZ
- MOTIVA VOCÊ A SER SEMPRE MELHOR
- TEM SEMPRE CHEIRO GOSTOSO
- NÃO A(O) JULGA SE VOCÊ GOSTA DAS KARDASHIAN
- FAZ VOCÊ RIR HORAS INTEIRAS
- VOCÊ PENSA NELE(A) MESMO OUVINDO REGGAETONE
- SEUS AMIGOS O(A) AMAM

● TRÊS
VIAGEM A SI MESMO

Na verdade, essa é uma viagem que nunca deveria acabar. Viajar para si mesmo significa nunca não se trair e estar conectado com aquilo que a(o) faz feliz.*

Jeitos de viajar interiormente

FAZER ALGO QUE AMA (A história do amor)

MEDITAR — SIM, ISTO SÃO MÃOS DE MEDITAÇÃO

SAIR CONSIGO MESMA(O)

FAZER UM DIÁRIO

* Deus, perdoe-me se esta frase parece escrita por um autor genérico de autoajuda. Amém.

PARTE 4
MESTRES DO AMOR RENASCIDO

Pessoas de imensa sabedoria emocional ~~que~~ cujas lições de vida (ou seja, suas canções) ajudam a acreditar de novo no amor, a acreditar que tudo é possível.

NATALIA LAFOURCADE

Santa padroeira do otimismo renascido

"ESTOU PRONTA PARA NASCER, ESTOU PRONTA PARA LHE DIZER ADEUS, QUERO LHE AGRADECER."

JUAN GABRIEL

Sumo pontífice de TUDO que tem a ver com amor

"JÁ NÃO TE AMO, EU ME APAIXONEI POR UM SER DIVINO, POR UM BOM AMOR, QUE ME ENSINOU A ESQUECER E A PERDOAR."

BEYONCÉ

Sacerdotisa do amor renascido

"LEMBRA-SE DAQUELES MUROS QUE EU ERGUI? BEM, BABY, ELES ESTÃO CAINDO SEM SEQUER OPOR RESISTÊNCIA, SEM BARULHO NENHUM."

SADE

Sumo pontífice de TUDO que tem a ver com amor
"QUANDO VOCÊ ESTIVER DO OUTRO LADO, BABY, E NÃO CONSEGUIR ENTRAR, VOU LHE MOSTRAR, VOCÊ É MUITO MELHOR DO QUE IMAGINA."

MALUMA

Profeta do amor sensato
"JÁ SOFRI O QUE DEVIA SOFRER. QUASE NÃO CONSIGO ACREDITAR EM MIM. VAMOS DEVAGAR, MESMO NÃO SENDO O QUE EU SINTO, BABY."

PARTE 5
APAIXONAR-SE
(POR SI MESMO)

Se até Jesus disse, é porque é verdade: não há como amar outra pessoa sem se amar primeiro. Parece fácil, e até um clichê, mas Deus sabe que essa é, talvez, uma das tarefas mais difíceis, especialmente depois de ter o coração partido, a autoestima ferida e os olhos superexpostos a fotos de Kendall Jenner ou ao talento de Tina Fey.

A seguir, você encontrará alguns rituais que a(o) ajudarão a encontrar o amor-próprio.

↳ a conjugação mais horrível do planeta

1. Dedique uma canção a si mesmo (é sério) e cante-a a plenos pulmões pelo menos uma vez por dia. (Sugestão: "The Greatest", da Sia, ou "Soy yo", do Bomba Estéreo.)

2. Escreva aqui seu próprio ritual:

_____
_____
_____
_____

3. Recorte qualquer um desses adesivos e use-os para se premiar.

- Sim, posso
- Na minha cabeça, sou Beyoncé
- A tempestade sempre passa
- Minhas ambições são maiores que meus medos

PARTE 6
FAZER OUTRA PESSOA SE APAIXONAR POR VOCÊ

Se achar que já está pronta(o) para se aventurar de novo em terrenos amorosos, use estas imagens para conquistar direta ou indiretamente (postando-as "casualmente" no Instagram, por exemplo).

Advertências:

- Use com cuidado.
- Não tente fazer com que um novo amor seja tudo que um amor passado não foi. Simplesmente deixe-o ser.
- Aja com cautela; às vezes, uma nova ilusão pode levar a atos desmedidos e excessos emocionais.
- Não esqueça: não é porque essa pessoa gosta do mesmo sabor de pizza que você, ou da mesma canção da mesma banda que ninguém mais conhece, que ela é o amor de sua vida.

JÁ É HORA DE SER FELIZ	GOSTO DE SABER QUE GOSTO DE VOCÊ
CALL ME, MAYBE	ESTOU MEIO QUEBRADA, MAS GOSTO DE VOCÊ
NÃO PRECISO ESTAR AÍ PARA ESTAR COM VOCÊ	TODAS AS CANÇÕES DE AMOR FALAM DE MIM (DE NÓS)

PARTE 7
A TEORIA DO SORVETE

→ *com quem tudo vai suspeitosamente bem*

É fácil conhecer alguém novo e se sentir invadido por preocupações hipocondríacas sobre o amor, tipo:

- E se acabar?
- Será que estou fazendo direito?
- Nem comecei e já estou com medo de que termine.
- E se acontecer o mesmo que da última vez?
- E se acontecer o mesmo que aconteceu com a Jennifer Aniston?
- Isso é normal? O que é normal? Eu sou normal? Mamãe, ajude!

Se esse for seu caso (não se preocupe, é normal sim, acho), é hora de entender a teoria do sorvete.

TEORIA DO SORVETE
(APLICADA AO AMOR)

Ninguém toma um sorvete pensando que vai acabar. Se assim fosse, ninguém tomaria sorvete.

CONCLUSÃO
Curta o sorvete (e pare de pensar tanto).

FIM

Este é um sorvete

Este é outro sorvete

Isto é um picolé, que conta como sorvete.

→ BOLA DE CRISTAL PARA AMORES FUTUROS

IF YOU WANT MY FUTURE, FORGET MY PAST.

— SPICE GIRLS

AGRADECIMENTOS

Obrigada a todos que me ajudaram para que este livro se tornasse realidade. Obrigada a todos que partiram o coração daqueles que me ajudaram, pois, sem eles, este livro não existiria.

PESSOAS QUE ME AJUDARAM	PESSOAS QUE PARTIRAM O CORAÇÃO DAS QUE ME AJUDARAM
Mamãe	Papai
Marcel	Laura
Gloria	Aquele homem
Alejandro	Não sabe. Não responde.
Alejandra	Estefanía
Silvana	O brasileiro
Julián	A poliamorosa
Martín	Não se aplica
Juliana	Felipe

A Marcel Ventura, por ser o melhor editor que alguém que escreve à mão (e, portanto, demora o dobro) poderia ter. Você é generoso e brilhante, e vamos conquistar o mundo juntos.

A mamãe, que travou tantas batalhas com dignidade e me ensinou a ser forte.

A Santiago, porque me inspira mais do que ele acredita. A papai, por me agradar e comprar para mim todos os livros e canetinhas que eu queria, mesmo quando já não tinha mais dez anos (sim, sem esses livros e canetinhas isto jamais teria acontecido). A Lili, Maria, José David e minha tia María Eugenia.

A Lyda, Camila e Diana, por fazerem maravilhas com meus ~~desenhinhos~~ desenhos, por não me matarem quando diagramaram este livro.

A Carol e Juanita, minhas cúmplices.

A Alejandro Gómez Dugard, Gloria Susana Esquivel e Alejandra Algorta, por se sentarem para editar, pintar, organizar e pensar este livro comigo. Por serem as pessoas mais nobres e talentosas que conheço. Por fazerem eu me sentir milionária no Banco dos Amigos.

A Silvana Villegas, por emprestar seu talento a este livro, por ser minha amiga e minha família, por não me julgar quando peço a mesma coisa toda vez que saímos para almoçar. A Julián Jaramillo e Oliver Siegenthaler, por me inspirarem e acreditarem em mim.

A Elsa María Candamil, que também escreveu este livro e que é a melhor terapeuta do mundo. A Hernán Molano e Albalá, porque, sem eles, eu jamais teria renascido.

A todos os amigos que abandonei por me ~~isosl~~ isolar para trabalhar. Vocês receberão um exemplar deste livro com uma carta pedindo desculpas. Somos amigos de novo?

☐ Sim

☐ Não

☐ Deixe de ser dramática, Amalia

A todos aqueles que me leem na internet e sempre têm alguma coisa bonita para dizer, mesmo eu sendo uma estranha (que na vida real chora com cada mensagem dessas).

A Mamma, por me dar tudo, por me convencer de que nasci para fazer coisas grandes.

WEB
www.amaliaandrade.com

FACEBOOK
Amalia Andrade

TWITTER
@amaliaandrade_

INSTAGRAM
amaliaandrade_

**Acreditamos
nos livros**

Este livro foi composto em Andrade, Tisa OT e Pompiere e impresso pela Geográfica para a Editora Planeta do Brasil em março de 2020.